# La métamorphose de Chloé

## Nathalie Azémard

*Remerciements*

*à Olga, Antoine et Elisabeth. Pour leur soutien et leur aide.*

# Table

| | |
|---|---|
| Le stress et les chefs | 3 |
| La place du Tertre | 17 |
| Soin de beauté Vache qui rit et Chloé hors de la boîte | 20 |
| Le marchand de fruits | 33 |
| Une voix chaleureuse | 38 |
| Le Canada | 41 |
| Et si c'était vraiment possible | 45 |
| Le boulot | 53 |
| Et la lumière fut | 55 |
| La vie à deux | 61 |
| David | 67 |
| 56 millions d'années lumières | 74 |
| Rendez-vous à l'atelier de Chloé | 89 |
| Enfin la vie, la vraie | 96 |
| La naissance du printemps | 99 |

© 2011, Azemard
Edition : Books on Demand
12/14 rond-point des Champs Elysées
75008 Paris
Imprimé par Books on Demand, Norderstedt, Allemagne
ISBN : 9782810622498
Dépôt légal : novembre 2011

## Le stress et les chefs

Ce jour-là, tout allait bien dans le meilleur des mondes. Une pluie fine tapissait l'asphalte des rues. D'innombrables bâtiments s'alignaient sur l'avenue. C'était le printemps. Les branches des arbres verdoyants commençaient à recevoir des feuilles naissantes que la nature si prodigieuse faisait apparaître. Ils étaient là, attentifs, au moindre sursaut. Une petite pause servait d'alibi pour exercer leur passe-temps favoris : le complot. Tel des bêtes, avides de chair humaine, avides de trouver toujours des coupables, des boucs émissaires.

La comédie battait son plein. On pouvait la respirer, comme ces odeurs qui nous surprennent soudainement. Ils étaient dans le fameux monde du travail, le monde professionnel, celui où certains passent plus de soixante-dix pour cent de leur temps. Elle aussi faisait partie de ce monde-là à contre cœur…Ce monde était particulièrement repoussant, tant et si bien que les démissions et les dépressions avaient atteint des chiffres préoccupants.

Oh ! Notre cher et tendre stress, la maladie du siècle adorée, toi qui aides à gagner tant d'argent, béni sois-tu sur Terre !

Tuer cette machine à fric reviendrait à rendre un service à l'humanité, ou du moins à soulager le stress du personnel.

Le stress ce n'est pas ce qui manque, d'ailleurs ils ne fabriquaient pas que de belles machines performantes. Ils avaient aussi des hommes et des femmes qui devenaient des robots. Vous savez, ceux qui se blindent jusqu'à l'os, ceux qui ne ressentent plus rien, ceux qui, pour survivre, sont obligés d'écraser les autres. Ils en avaient à la pelle. Car leur réussite était due au flux tendu, entre autres…. Les seuls produits en stock : des cerveaux ébréchés par le système, des moutons sans choix, condamnés aux lumières de néons et à la force destructrice de l'empire cathodique, programmés à leur détriment à la destruction massive des cerveaux inventifs et créatifs !

Chloé qui, malgré elle, travaillait dans ce monde là, était une grande brune aux yeux bleus. Le stress des dernières semaines avait un peu mis sa beauté en sommeil, marquant ses cernes et donnant à son regard un air lessivé. Ce stress permanent se faufilait partout dans son corps. Ses cellules faisaient la grève de l'oxygène. Elles se détérioraient à la vitesse du TGV. Son cœur semblait courir le marathon de New York, sans baskets, ni chaussettes.

Dans ce cadre de la rentabilité à tout va et avec un peu de chance, certains ambitieux devenaient chefs. (des crétins honorés empotés fumistes) C'étaient des sigles utilisés communément dans certains services et il n'était pas rare que la clique en question se mélangeât aussi à d'autres plus sérieux quoique moins honorés.

A 8H30, après une nuit de sommeil pâteux, et quelques renvois de sa dernière pizza Findus congelée, Louis Dupont, l'un des managers était hébété par la splendeur qu'offrait le ciel devant lui à travers la fenêtre. Il commençait ainsi une nouvelle journée de travail. C'était un type bizarre. Quelques cheveux clairs survivaient à une calvitie prononcée. Son visage crispé de bureaucrate avait un je ne sais quoi de comique. Pour tout dire, il ne ressemblait pas à grande chose. Il avait une attitude de soumission canine, prêt à tout pour atteindre sa proie, tel un bouledogue, respectant les consignes sans la moindre hésitation. Il devait demander au responsable de Chloé, de lui annoncer la nouvelle. A 10 heures tous étaient présents, le chef marketing, le chef de grands comptes et le responsable de Chloé. Louis Dupont commençait ainsi à expliquer les dernières décisions prises par la direction.

- Mais, croyez vous vraiment que ce pauvre rat de bibliothèque, pourrait faire l'affaire ? avait grommelé dans un anglais affreux, l'un des chefs.
- T'inquiète, je m'en charge.

- Elle n'a pas besoin de tous ces diplômes pour appeler des clients et les relancer à cause des dossiers incomplets.
- A la limite on s'en fiche, on a besoin de main d'œuvre !
- Oui mais enfin, après tout, justement… Elle pourrait même dire qu'elle est surdiplômée, insista l'autre.
- Je pense qu'il lui manque l'essentiel une énorme dose de résistance au stress, dit l'un d'entre eux qui semblait être le plus sensé.
- Toi, arrête avec ça, l'enjeu est trop grand. On ne peut pas se lancer dans ce genre de considérations, le challenge du trimestre est de plus de 1 million de dollars. Il faut mettre le paquet, autrement on est tous grillés !
- Au fait Robert, tu veux toujours partir au club Méd. dans quatre semaines, j'irais bien avec toi ? Son collègue s'efforça de répondre en hochant la tête.
- Allez, n'en parlons plus, adjugé. Si elle refuse…. Au placard !

Fin de la réunion extraordinaire.

Chloé était loin d'imaginer qu'il allait y avoir un tel remue ménage… Ses compétences jusque là n'avaient pas été véritablement reconnues. Comme tant d'autres, elle était là pour payer ses factures. La sacrée sainte loi du marché avait la production comme seul diktat. Il fallait des personnes sans état d'âme, des hommes et des femmes avec le besoin de gagner leur vie. La créativité, l'innovation positive, l'échange était des termes d'un vocabulaire inconnu. Une forme de vie étrangère dans ce bouillon de culture.

La vérité, c'est qu'elle n'en pouvait plus. Elle devait parler de tout ce qui n'allait pas : le désordre flagrant, le manque de coordination. Toutes ces choses pouvaient être réglées avec juste un peu de bonne volonté

Ce matin-là, Chloé avait été convoquée avant la pause déjeuner. Enfin un peu de reconnaissance, pensait-elle. Enfin Je vais faire quelque chose de différent.

- Voilà Melle Deschamps, nous avons décidé de vous proposer un poste intéressant. Etant donné votre rapidité et votre niveau d'organisation, nous avons pensé que vous pourriez très bien vous occuper de relancer les clients sur plusieurs pays. Vous avez les compétences linguistiques, vous êtes rapide et organisée…N'est-ce pas formidable ! Qu'en pensez-vous ? Lança sèchement le plus nerveux.
- Comment, pouvez-vous répéter ? Une promotion…Formidable, mais attendez, je ne comprends pas très bien, insista elle intriguée. Un sentiment d'agacement commençait à la saisir.
- Vous appelez ça une promotion
- Bien sûr je suis rapide mais je pense que cela se retourne contre moi. Je suis organisée, certes, mais vous ne pensez pas que ces qualités pourraient être utilisées sur d'autres domaines plus en accord avec mes capacités.
- Vraiment, n'est ce pas formidable pour vous, vous allez enfin pouvoir exercer vos talents linguistiques.

« Super, je vois qu'ils m'ont bien écoutée », pensa-t-elle essayant de prendre sur elle.

- Nous sommes une société à l'écoute des clients et des salariés. Vous verrez, vous allez vite vous habituer à ce nouveau poste. Je suis sûr qu'il vous plaira et qu'il vous ira à merveille. Si je peux me permettre, vous êtes un peu stressée, c'est tout. Les choses vont rentrer dans l'ordre assez rapidement. Dès que vous allez intégrer ce nouveau poste, tout va changer.
- D'ailleurs, je vous suggère un petit Lexomil dit l'un des chefs.

« Je t'en ferai bouffer du Lexomil, pensa Chloé s'imaginant lui faire avaler tout le tube. Puis elle se retint et s'engageai vers la sortie en prononçant ces paroles d'un ton sec :

- Je ne suis pas tout à fait d'accord avec votre proposition et encore moins pour votre calmant» et prit une longue et profonde respiration avant de disparaître le long du couloir.

C'était la première fois depuis sa prise de poste que Dupont voyait une employée s'opposer avec autant d'énergie. Pour la première fois, il se sentait un peu démuni. Quant à Chloé, en retournant à son poste de travail après le déjeuner, tout avait changé. Les regards n'étaient plus les mêmes. Les collègues ne savaient pas comment réagir à cette nouvelle qui allait chambouler toute leur organisation. Ils allaient se régaler à la prochaine pause à discuter de derniers ragots avec de membres d'autres services. Elle non plus d'ailleurs, elle ne réagissait pas comment il aurait été souhaitable de le faire. Il fallait dire oui sans brancher à tout ce que la sacro-sainte société leur demandait. « *Amen* » comme si le messie descendait du ciel. Le big boss arrive demain, « *pas de soucis »,* les voilà tous sapés. Les chiffres ne sont pas bons, bien sûr, voilà les petites fourmis se mettent à l'œuvre. Il y a encore du travail, « don't worry »*,* on fait aussi des heures supplémentaires sans aucun problème…Et pitié, ne parlez pas d'abus…Vous vous croyez où ? Au pays des merveilles… ? N'avez-vous pas vu ce qui se passe en ce moment ? C'est la délocalisation à gogo. Non, donc restez calme et arrêtez de vous stresser, il y en a qui n'ont rien.

D'ailleurs je connais une pharmacie qui fait des réduc sur les calmants, si vous voyez ce que je veux dire. Je sais je sais, je délire. Une fois la porte fermée ce dialogue imaginaire avait surgi dans son esprit et se répétait en boucle depuis déjà une bonne heure.

Voilà que tout à coup elle était dans la ligne de mire. Il fallait dire non à tout cela. La nouvelle était une douche froide. Pour qui ils se prenaient ceux-là !

Tout pouvait changer, elle pourrait accepter son nouveau poste sans rechigner. Si toutefois elle ne faisait pas l'affaire, on la mettrait ailleurs. Mais dire non, impliquait beaucoup de choses, se confronter à la hiérarchie, oser faire ce que personne ou très peu avait fait jusqu'à présent, était une autre paire de manches. Cela la conduirait au placard tout simplement. C'était une véritable révolution. Ce refus impérieux et révélateur ne plaisait à personne. Comment un simple « moustique de bureau » pouvait dire non aux grands, à ceux qui commandent d'un coup de baguette magique, ceux qui du haut de leur perchoir sont à des années lumières de la réalité quotidienne, à eux, pauvres employés de seconde classe plongés jusqu'au cou jour après jour.

Les journées de Chloé se passaient au bureau et se ressemblaient de plus en plus. Pas de magie. Elle avait perdu le goût du travail. Pour un instant elle remémorait les premières années dans la boîte avec des taches plus intéressantes, de déplacement à l'étranger pour des séminaires. Ce changement la chamboulait, au point de lui enlever le sommeil. Certaines nuits, ses rêves se transformaient en cauchemars. Il fallait trouver une solution au problème et ne pas se laisser abattre à se point. Faire entendre sa voix, leur faire comprendre que quelque chose allait mal et que de tels changements n'allaient pas dans le bon sens. Le week-end une force étrange la clouait au lit. L'immobilisme devenait un visiteur de sa vie. Il venait sans crier gare, semblant l'attacher à l'inertie. La force motrice de la vie avait pris congé.

Il fallait quelque chose de nouveau, une initiative nouvelle. Une nouvelle expérience. Elle sentait au fond d'elle-même qu'une idée allait jaillir de son esprit pour aller à l'encontre de tout ça.

- Pour le rêve c'est raté, ça va être plutôt le cauchemar, mais il faut y aller quand-même, donc voilà arme-toi de courage, et lance-toi, jette-toi à l'eau ! C'était la première fois qu'elle entendait cette voix qui deviendrait sa meilleure conseillère.

Son arme la plus redoutable c'était l'humour ! La visualisation pouvait la sortir des situations ombrageuses et difficiles. En voici pour preuve un petit échantillon de son quarante neuvième appel de la journée

- Bonjour Mr, Sté…. Nous avons reçu votre contrat par fax, en revanche il manque des pages. » Le client excédé ne l'avait pas laissé finir sa phrase :

- Vous savez, pour une société comme la vôtre, c'est honteux d'avoir un service aussi incompétent, vraiment ça laisse à désirer !
« Mais Monsieur, essayez de faxer à nouveau les documents, s'il vous plaît… »

- Après tout vous n'êtes qu'une cible potentielle, logée à la même enseigne que la dépendance financière, avec un autre déguisement, une autre allure mais vous aussi, vous serez aussi broyé par le système. (Ça quand-même elle le gardait en secret).

Quelle optique adopter ? Imaginer le client nu au milieu de la rue par exemple.
- Bon, mais ça sera la dernière fois, dit le client.
- Très bien Monsieur, merci de votre compréhension rétorquait Chloé.
 Se faire insulter par téléphone à plusieurs reprises dans une journée, faisait partie du lot quotidien de dizaines d'autres comme elle. L'humour était alors une astuce indispensable.
Elle n'était pas la seule à vivre dans ce monde absurde. De nombreuses silhouettes défilaient dans les couloirs comme des ombres, intoxiquées par leur énième cigarette de la journée et leurs cafés insipides sortis des machines. Il fallait prendre le taureau par les cornes, et discuter, voir, revoir tout comprendre, demander des explications et analyser ce qui se passait vraiment car quelque chose ne tournait pas rond…
Alors, elle prit son courage à deux mains et demanda un entretien avec le *big boss* le boss de ces deux boss (car en matière de hiérarchie ils étaient les rois incontestés. Dans certains services, il y avait en moyenne un chef pour 10 personnes. Elle savait qu'il ne serait là que pour trois jours et qu'en aucun cas il ne fallait rater l'occasion de faire connaître la situation au plus haut sommet.
L'entretien se déroulait en anglais. Une fois dans le bureau, avec le *big* ou plutôt, l'un des *big*, Chloé ne pouvait pas

rester de marbre et acquiescer bêtement face aux arguments de son supérieur.

Cette fois rassérénée, elle expliquait toute la situation, sachant, malgré tout le risque que cela comportait. Aucun employé n'avait eu jusqu'à l'heure l'audace de demander un rendez-vous avec l'un des directeurs, venu droit de Londres. Ce dernier ne savait pas tout ce qui se trafiquait pendant son absence. Il venait deux à trois fois par an. Il était à des milliers d'années lumière d'imaginer, le manque d'organisation régnant, l'impérieuse nécessité d'un changement au sein du service. Il fallait lui dire. Ce changement pouvait porter ses fruits et se répercuter sur les autres services. Ce qui serait un plus pour tous, plutôt que de la relever de son poste.

Une fois l'histoire déballée, les possibilités d'une vraie transformation plus cohérente et plus rentable mises en avant, il restait muet. Il avait l'air d'un type condamné à jouer le rôle de grand chef malgré son air distingué du typique gentleman anglais Derrière ses yeux marrons, on devinait une figure affable et bonne Il écarquilla les yeux et comprit tout de suite que le malheureux soit disant moustique, dont il avait eu quelques échos avait une cervelle et n'était pas à sa véritable place.

A la fin, il lui confessa même que, dans cette grande société, ils avaient l'habitude d'utiliser des rustines. Sympa pour elle...Non seulement elle était prise pour une imbécile, un moustique insignifiant mais elle avait gagné en fin de journée le fabuleux qualificatif de rustine…Charrming (très charmant) prononçait-elle dans un anglais parfait. « Really, interesting to know ». (Vraiment, c'est bon à savoir)

Elle était dans l'univers impitoyable du capitalisme, alors à quoi bon s'embarrasser avec des considérations sur la personne et ses droits, ses valeurs…

- Rien, travaille et tais-toi, ma belle ! Tu seras atomisée autrement ! A nouveau la voix. Elle allait être là quasi en permanence.

- Ah te voilà, toujours là quand on s'y attend pas. Tu as bien vu, le grand chef, lui-même est conscient des absurdités…

Comme c'était à prévoir, elle n'avait pas tenu plus d'une semaine. A peine trois jours plus tard, une réunion de toute urgence avait été organisée pour informer l'équipe des changements qui allaient être mis en place…En tout cas, ils avaient profité de l'occasion pour la mettre au placard, car bien sûr, on ne parle pas de la sorte au boss ! Cette petite effrontée allait payer cher son intrépidité. Comment oser un tel affront ?

Le trac… ne connaît pas. Le brossage de poil, non plus ! Alors, au placard madame la révolutionnaire ! Vous allez voir ce que vous allez voir…
On va t'apprendre !
- Pas besoin d'un Ché Guevara au bureau…
- Allez revendiquer ailleurs !
- Le monde est inchangeable…Non mais, et puis quoi encore !

Elle semblait lire dans leurs yeux ce qui se passait dans leur tête. Mais tout cela n'allait pas se passer comme ça, elle n'allait pas se laisser faire ! La stratégie de défense allait être mise en œuvre assez rapidement.

Le lendemain matin curieusement les mails étaient tous effacés, les ordinateurs tombaient en panne, les mots de passe ne marchaient plus, le fax était HS, les logiciels étaient bloqués, et pour couronner le tout l'alarme se mit à sonner. Voilà que plus de cinq cent personnes évacuaient le bâtiment sous une pluie battante pour ensuite apprendre que c'était une fausse alerte. Le système avait bugué.

Vive l'organisation ! Ce sont de vrais experts, des managers, les meilleurs, ceux qui gagnent le plus et qui en font le moins, la preuve, voilà l'organisation fantastique. Quel professionnalisme !

Elle, dans ce capharnaüm n'était qu'un simple moustique, rappelez-vous. Alors à quoi bon l'écouter. Ce n'était pas une victime mais plutôt une personne dépourvue de malice,

incapable de jouer la comédie et de passer la brosse dans le sens du poil. Chloé comptait bien se rattraper. Il lui fallait de cours accélérés, acquiescer face aux demandes stupides et illogiques. .
- T'exagères un peu, non ? lui soufflai-je à l'oreille.
　　　Bien entendu, les interminables allées et venues à la photocopieuse de sa collègue n'étaient pas de mise pour Chloé. Les pauses pour voir un tel ou un tel, non plus.
- Non, je ne pense pas que j'exagère…
- Tu devines lourd à la fin me lança-t-elle avec des yeux brillants de colère.
Pour elle, seul primait le travail. Mais ce chemin ardu de labeur ne menait pas très loin, si ce n'est vers la déprime. Alors il fallait vite changer d'itinéraire, changer de chemin, s'attacher à des occupations plus ludiques et continuer ce travail alimentaire.
　　　Cette nouvelle organisation l'exaspérait. La situation ne s'améliorait pas. Passer des semaines et des semaines à faire la même chose, la fatiguait beaucoup.
　　　Mais là, elle ne pouvait pas rechigner, c'était tout simplement comme ça ; la répétition à gogo.
　　　En plus le sort était de son côté, le destin fait bien les choses. L'absence de deux collègues les mettait dos au mur. Ils n'avaient plus le choix et ce, pour le bien du business, et aussi de ceux qui restaient encore…
　　　Une nouvelle organisation, la énième, allait prendre place bientôt. Le travail s'intensifiait, les absences aussi. Pendant ce temps-là, moi narrateur, j'essayais de comprendre ce qui pouvait bien l'inciter à la lutte, à rompre avec cette inertie. Comme par hasard ce qu'elle voulait depuis si longtemps allait se réaliser. Un peu d'ordre dans ce capharnaüm allait la soulager. Ses prières incessantes commençaient à être exaucées et le renouveau qu'elle souhaitait prenait place timidement.
　　　Il fallait donc joindre l'utile à l'agréable. Ils savaient bien que cela ne pouvait plus continuer.
　　　La crise monétaire n'avait pas seulement dévastée la bourse et leur portefeuille bourré de dollars, elle avait aussi

zappé le moral des troupes, bousculé pas mal d'esprits et en avait écœuré plus d'un.

Fini l'investissement incessant de dollars, cette crise ne faisait qu'augmenter le stress. Seuls ceux qui avaient les nerfs solides pouvaient survivre. Une transformation était de mise. Finie l'énergie incessante déployée uniquement dans la stratégie de marché, un peu d'humanisation dans ces bureaux tristes et désorganisés. Tout cela pouvait se transformer, cette fois-ci, dans le bon sens…

*Le* grand tout puissant allait bientôt prendre son avion. Sans crier gare, je décidai alors d'entrer dans son bureau et de me glisser près de son oreille.
- Que diriez-vous d'un petit tour dans leurs bureaux, cher directeur ? Auriez-vous des suggestions pour mettre en place cette nouvelle et vraie organisation ?

- A vrai dire, je ne devrais pas vous parler. Oui, vous … Je devrais m'éclipser, c'est elle qui devrait être mise en avant, prise en considération.
- Savez-vous au moins comment elle s'appelle ?
- Le visage du directeur changea de couleur. Eh ben, c'est à dire que…balbutia-t-il hébété par ce qui était en train de lui arriver. Il entendait ma voix sans pour autant me voir.
- Vous voyez, vous ne connaissez même pas les noms de vos employés. C'est moi qui dois vous les donner… Elle s'appelle Chloé. Vous savez, Mademoiselle Deschamps…Elle travaille dans l'ombre des vos néons déprimants depuis tant d'années !

Son cerveau est quelquefois cramé par la morosité ambiante et l'électricité statique que dégage la quantité impressionnante d'ordinateurs. Sacré dose d'ondes, n'est-ce pas ? De quoi décoiffer un troupeau de vaches folles et les rendre encore plus dingues.

- Avez-vous, au moins écouté ce que la chef de sa chef et ce que Chloé vous a dit à propos de cette situation ? Ces revirements incessants, ce désordre permanent ?
- Je pense, rétorqua le cher directeur financier que ses idées sont bonnes et que ce qu'elle m'a dit lors de notre réunion intempestive, il y a quelques heures, pourrait tenir la route. Je vais mettre en place un nouveau plan afin que le service puisse fonctionner efficacement.
- Vous voilà, enfin réveillés face à la réalité du terrain. Vraiment, il était temps. Croyez-vous que depuis votre confortable fauteuil en cuir vous voyez les choses de la même manière ? Ne croyez-vous pas qu'à l'heure de la cybernétique, de la technologie à outrance, vous êtes en décalage aussi grand que celui entre Paris et Londres, votre chère ville natale ?
- Comprenez-vous la nécessité du déplacement, l'importance d'être à l'écoute de ce qui se passe là « *Right Now* » ? (tout de suite). Ce n'est pas du pipeau, c'est la vérité telle qu'elle est). Vous avez beau avoir un sous-chef puis un autre, puis un autre. Ils sont là pour vous aider et vous informer sur le terrain. Mais ne croyez-vous pas que le fait de le constater par vous-même vous aidera à prendre enfin cette décision si importante ? A procéder au grand chambardement ? Vous voyez qu'il est bon quelquefois d'écouter les *petites fourmis* (et que certains qualifient de moustique) Et de les gratifier … (ça par contre, je me demande s'il l'a entendu) Cela est une autre paire de manche et n'intervient en rien dans son travail.
- Ces observations sont pertinentes mais cela ne génère en rien une augmentation, dit le directeur d'un air décidé et agacé par mes commentaires.
- Bien entendu, suis-je bête, l'équation augmentation rentabilité n'est pas de mise, bien évidemment ! Quelques miettes de temps en temps, sans aucun problème, mais ne parlons pas de choses qui fâchent, voyons, de là à une reconnaissance officielle, il y a de la marge. Tiens, comme c'est drôle, vous vouliez lui proposer une promotion sans

augmentation. Je pense que cela relève de la contradiction et du non sens. Je pense que vous, **big boss,** et moi, nous n'avons pas la même conception des choses, et même notre lecteur vous trouvera incongru…Une promotion équivaut à une augmentation dans tous les pays du monde sauf dans le vôtre…. A moins qu'il ne s'agisse d'un mensonge pieux, histoire de stimuler les troupes ! »

- « Ne croyez vous pas qu'elle est assez productive, certaines semaines elle génère plus de 10 000 $ dollars pendant que d'autres se prélassent devant la machine à café ».
- « Je pense que c'est bon pour aujourd'hui, je ne veux pas trop vous tracasser….Il serait fort utile pour vous de rester quelques jours de plus ici, vous serez surpris de découvertes que vous pourriez faire et ce autour de la clique de managers, en d'autres mots, les crétins fumistes.
- « Bon que diriez-vous d'aller boire un verre avec moi ? »
- « Là vous poussez un peu loin, répond le directeur un peu remonté ».

Il n'en revenait pas de répondre à cette voix sans corps et qui semblait pourtant si vivante et près de lui.

- « Mais non, je plaisante. Faites comme vous voulez. Après tout, c'est vous le grand patron.

Chloé qui imaginait mes manigances, me surprit dans le couloir après mon entretien.

« Il n'y a pas de choses grandes sans petites choses, c'est Platon qui l'a dit. Nous sommes donc tous unis par le tout !
- Euh…, je crois que tu dois réviser ta philosophie, tu mélanges tout, quelle faute de style, si tant est que tu en es un, lâcha Chloé complètement hors d'elle et excédée par mon aplomb.
- Le style, le style…Surtout pas de philosophie dans ce monde financier dépourvu de toute délicatesse et de réflexion profonde.

La vérité, c'est que ce fameux déplacement du directeur, avait suscité toutes sortes de commentaires. Ils étaient tous très mal à l'aise. Chloé, était quelque peu angoissée. Elle se voyait déjà virée de la boîte. En tout cas, ils n'iraient pas par quatre chemins pour la faire taire. Réflexion faite, cette fameuse promotion qui n'en était pas une, et son refus se retourneraient contre elle. Il les aidait à lui confier les tâches les moins intéressantes. Finalement on voyait bien que le moustique n'était pas si bête que ça, alors on la gardait où cas où, histoire d'avoir quelqu'un en réserve pour servir de rustine pour un énième changement intempestif si cher à leurs habitudes.

Détachée, il fallait l'être, attachée malgré elle, entachée de toutes sortes de qualificatifs péjoratifs.

- Ah ! Ça n'a pas beaucoup de sens tout ça, à moins qu'il y en ait un caché…me dit-elle désemparée.

## La place du Tertre

Une fois les touristes partis, la place du tertre devenait encore plus belle. Elle la voyait de sa fenêtre. A peine à vingt mètres, elle y était presque….Les spectres de grands peintres semblaient s'y promener. Chloé sentait comme si quelqu'un la regardait, ce n'était pas la première fois qu'elle avait cette sensation.

Elle était penchée à sa fenêtre, regardant les toits de maisons, les colombes, pigeons et autres oiseaux picorant les miettes de pains que les passants laissaient.

Ces jolies briques rouges étaient enduites de la rosée du matin et les cloches du Sacré Cœur sonnaient au loin. Elle habitait rue Caulaincourt dans un trois-pièces au dernier étage, près des artistes connus. Son appartement semblait une maison à la campagne… Dans le hall d'entrée, elle avait déposé des dizaines de plantes diverses. Grâce aux vasistas sur le toit, elles regorgeaient de lumière. Contre le mur du salon, une étagère pleine de livres. Balzac l'accompagnait dans ses moments de détresse, Hugo l'aidait à puiser des forces, Kundera la troublait et Descartes l'accablait par son sage équilibre entre le rationnel et la sagesse (*Discours sur la Méthode, Traité sur les passions de l'âme*).

Sur le mur, des natures mortes décoraient la pièce. Sur un canapé bleu roi, des coussins, une jolie chatte angora recroquevillée. C'était Justine, une féline capricieuse et irrésistible.

A droite, sa chambre avec un énorme lit ancien qu'elle avait hérité de sa grand-mère et une belle moustiquaire décorée de dentelle. Juste à côté, un bahut avec des vieilleries, des dessins de dix ans d'âge, des vieux habits utilisés fort longtemps pour faire de la peinture.

Enfin des choses dont on a du mal à se débarrasser.

Et cette vieille boîte avec les cendres de ses poèmes brûlés, qui dormaient sous son lit. Son souvenir lui rappelait la fraîcheur et la jeunesse de ses quatorze ans. Peut-être un jour ressurgirait alors une autre inspiration, d'autres poèmes.

Une de ses pièces préférée était la cuisine. C'était un espace bien aménagé, avec des casseroles suspendues à une espèce de carré en métal, lui-même suspendu au plafond par d'énormes cordes. A côté de la cuisinière, de gros bocaux de grand-mère, avec des confitures, des herbes et autres trouvailles. Au milieu, une petite table avec quatre chaises en paille. Elle aimait ce côté rustique d'autrefois. A la fenêtre, elle cultivait du romarin, du thym et du basilic quand la saison s'y prêtait. Son appartement était agréablement fleuri. La vue d'une si belle nature lui donnait une énergie à revendre et plein de bonnes idées.

Cette petite pièce la plongeait dans ses rêves. Elle aimait se retrouver là devant, au milieu d'une bonne tasse de café, tôt le matin et lire un livre. Le week-end, quand elle avait davantage du temps, la préparation de mets variés la captivait. Une de ses spécialités c'était les plats exotiques. Rien de tel que la cuisine pour goûter au plaisir et voyager par le palais. Cette sauce au coco longuement mijotée parfumait sa pièce préférée. Imaginer des plats, les savourer, recommencer, essayer à nouveau, épicer, réinventer des recettes.

Elle rêvait d'une grosse cuisinière à gaz pour faire mijoter de petits plats. Refaire de la confiture aux figues : celle qu'elle dévorait chez sa marraine. C'était un rêve pour le moment.

A l'odeur captivante de l'aubergine grillée, Justine se glissait peu à peu sur ses pattes, voulant goûter à tout. Il y a des moments dans la vie où l'on voudrait que rien ne change jamais plus, comme quand elle était petite et qu'elle s'amusait sur sa balançoire pendant des heures. Là, elle regardait Justine avec ses beaux yeux verts intenses, pénétrants et mystérieux. Un peu comme ces sculptures de chats égyptiens avec des émeraudes en guise de porte conduisant à l'âme. Quand elle sentait ma présence, car elle ne pouvait pas me voir, elle se mettait à miauler sans arrêt, voulant à tout prix me chasser... Son sixième sens lui disait que j'étais un étranger. Elle devait apprendre à me connaître, moi aussi j'adorais les animaux et Justine avait un tel pouvoir de séduction qu'elle me captivait. Son pas félin, son regard intense, son autonomie, sa fierté, c'était beau à voir. Quelquefois, je passais des heures à les observer. Chloé et Justine semblaient vivre en harmonie. Elles se parlaient avec le regard, se comprenaient dans leurs solitudes respectives. Je me régalais à observer ces rapports étroits entre eux.

Ces pensées lointaines la ramenèrent à la réalité. Elle sentait que le vent du large lui ferait un grand bien. Des vacances étaient nécessaires.

## Soin de beauté de la vache qui rit et Chloé hors de la boîte

- Ouah, tu te rends compte, tiens-toi en à ça. Pas d'augmentation. Pas de changement formel en bonne et due forme. Rien.
- Tu le sais bien, le monde est ainsi fait, tu n'es qu'une poussière d'étoile qui vient d'atterrir !
- Tiens ! tu deviens poète maintenant ?

- Voilà ce que j'ai trouvé hier dans la bannette à dossiers me lançait Chloé à l'oreille de but en blanc.

| | |
|---|---|
| Rouge à ongles Guerlain | 20 € |
| Soin de visage Guerlain | 30 € |
| Manucure | 15 € |
| Pédicure | 20 € |
| Epilation maillot | 15 € |
| Epilation jambe | 20 € |
| Epilation aisselles | 10 € |

- Oh n'y pense plus lui dis-je.
- ça doit appartenir à la nana aux bagouses me dit-t-elle presque convaincue.

Mais le hasard avait bien fait les choses, le lendemain matin une assemblée générale suivie d'une foule d'incompétents avait donné comme résultat La réunion de la journée. A l'ordre du jour des crétins honorés : Changements dans l'équipe.

La situation s'inversait. Un semblant d'ordre apparaissait à l'horizon. Le climat devenait propice au dialogue.
Vas-y Chloé, parle, exprime-toi, partage tes attentes, révèle ton malaise ! Dis-leur ce qui se passe, entendait-elle murmurer dans ses oreilles.

Vouloir changer cet état de choses était une chimère du moins pour le moment… La vérité, c'est que peu à peu, grâce à ses suggestions à ses nombreuses démarches, les choses allaient effectivement prendre un nouveau tournant.
- Je dois avouer que quelquefois, tu me fatigues avec tes idées moralisatrices et ton air de bienfaiteur. Ici je suis transparente et ils n'en ont rien à cirer de mes idées, me dit Chloé un peu comme toi. Malgré tout, je me lance :
Puis soudain, elle prit la parole. Voyant qu'elle se levait les autres restaient bouche bé.
- Je pense qu'il faudrait commencer par changer tout le classement de manière à mieux s'y retrouver et surtout à faire en sorte que nous soyons **TOUTES** impliquées dans des tâches communes.
- Nous sommes une équipe n'est ce pas ?
- C'est une bonne idée. Nous allons la mettre en place.
Chloé était contente. Néanmoins, elle restait sceptique. Combien des fois avait-elle suggéré des points importants, des petits changements qui auraient permis un meilleur fonctionnement. Il fallait malgré tout rester positif et voir venir…Peut-être les choses allaient-elles véritablement prendre une nouvelle allure….
 - De plus, cette nouvelle façon de travailler, nous permettrait d'avoir une meilleure visibilité sur la productivité de chacun, continuait Chloé.
- T'inquiète ma petite… En revanche, persistes, tu verras, ils finiront par se rendre compte qu'il y a un malaise quelque part que certaines ne sont là que pour brasser du vent. Ils ne sont pas si aveugles que ça ! Allons ! ne te laisse pas démonter par qui que ce soit.
- Vas-y-montre leur que tu pourrais jouer sur les deux tableaux. Je sais, ce n'est pas très propre, mais que veux-tu ? C'est la loi du business.

Ils restaient de marbre car jamais on aurait pu croire qu'elle prendrait la parole devant toute l'équipe. L'entretien avec le patron de Londres lui avait redonné du poil de la bête.

La réunion avait prit fin dans la plus stricte règle du savoir- faire professionnel. Le soir en rentrant elle décida d'aller boire un pot. Ensuite elle marcha jusqu'à chez elle pour s'oxygéner et penser à autre chose.

La soirée finie, elle se réfugia dans ses livres.. Depuis déjà un an elle s'était adonnée à ce passe-temps. Plus de six livres en douze mois, presque deux mille pages de lecture, des auteurs divers : français, norvégiens, américains, anglais. Tous géniaux et par dessus tout l'essentiel : l'amour et l'humour. Sans eux il n'y a pas de vie supportable sur cette terre.

Ni répit, ni douceur, ni force ni astuce pour supporter quelquefois l'insupportable. Sans lecture, sans livre, pas de vie, ou plutôt des ruminations, masturbation de l'esprit. Gamberger, gamberger pour des stupidités. Alors que la lecture c'est autre chose : plaisir, évasion, découverte, surprise, fascination. Elle lui permettait de s'envoler pour ne pas brûler ses méninges avec ces histoires sordides du bureau. Lire, lire sans fin… Et puis le matin, retourner à cette réalité insipide, à cette médiocrité désolante.

- Tu ne vas quand même pas te laisser marcher sur les pieds on te l'a déjà assez fait.
- Tu rêves ! Réveille-toi, tu es au bureau, je te signale ! Tu n'es pas une victime, tu es une personne responsable et intelligente. Tu vas bien leur montrer les déséquilibres et injustices qui règnent au sein de l'équipe. Allez un peu d'audace, montre-leur ce dont tu es capable !

- Le mot *Equipe* faisait partie du mobilier, du packaging, du décor, de la scène, de la cacophonie ambiante, de la comédie humaine quotidienne qui se jouait dans cette cage à

lapins…Un peu comme ce pot à fleur que l'on met avec des fleurs en plastique. Faux, dépourvu de substance réelle.
- Qu'est-ce qui t'arrive ? Tu as l'air déconfite ?
- Rien, comme d'habitude j'ai encore proposé des idées pour rien. A croire que les « Crétins Honorés Empotés Fumistes » m'ont tendu un piège pour me ridiculiser devant tout le monde.

En tout cas, l'essentiel c'est qu'on puisse voir ta volonté. Si ça tombe à l'eau, ce n'est pas ton problème. Ce sont eux qui vont patauger dans la choucroute. Toi, tu auras fait de ton mieux.
Pour ce qui est des vacances, ne te laisse pas faire. Tu ne changeras tes dates que si l'autre chien de pendule le fait aussi.
- Ne t'inquiète pas tout ce qui arrive a un sens, si on est souple, on verra la rigidité de l'autre. Ils pourront se rendre compte de l'énergumène en présence. Mais fais attention, pose aussi tes conditions.
- « A la réunion, ils ont fait allusion au fait, qu'il y aurait trop de personnes en vacances pour la période la plus chargée », m'avouait-elle les joues toute rouges.
- Rodolphete va peut-être annuler ses vacances. Ce qui va la mettre en avant. C'est vraiment difficile de garder l'esprit en paix avec des gens tordus. Ils sont toujours prêts à chercher la petite bête. Tu dois donc être prête de ton côté pour faire contrepoids, car l'énergumène en présence est assez redoutable. C'est une dure à cuire. Tu devras donc être assez efficace tout en restant discrète et pas trop agressive.

- Tu es mon complice, n'est-ce pas ? me dit-elle l'air enjouée. J'opte pour le silence au sujet de cette question et dirige son attention sur sa collègue.
C'est vrai que c'est l'occasion ou jamais, d'en apprendre davantage sur cette poisse à l'haleine fétide nommée Rodolphete. Je la nomme aussi « vache qui rit » Quoique je

ne puisse pas dire que la recherche de ce personnage soit trop poussée et intéresse le lecteur, je vais m'y risquer.

C'était une grosse vache opportuniste qui avait décroché le poste grâce à son mari, un haut placé dans la boîte. Elle ressemblait à la vache qui rit :
Grosse poitrine, garnie de toutes sortes de bijoux qui pendaient à son cou et plus de deux bagues à chaque doigt. Elle connaissait tous les départements de la France par cœur et son regard intimidant rendait Chloé nerveuse.

Inutile de regarder par la fenêtre ou sur Internet , elle savait s'il allait pleuvoir des cordes ou bien si le ciel nous montrerait le roi des astres. Le *must* de sa médiocrité se trouvait dans sa connaissance approfondie de la revue « Voici Paris » Une fois par semaine, Chloé et le reste de l'équipe avaient droit à cinq minutes de lecture croustillante. C'est ainsi qu'elle la nommait. Elle nous informait des mésaventures de Caroline de M., des derniers articles sur la fille présumée du président de la République, des recherches infructueuses, quoique persistantes, sur la mort de Lady D et autres bassesses dignes d'un cerveau sans trop d'imagination.

Elle était avide de connaître la misère humaine des autres.

C'était la reine des moqueuses. Si quelqu'un n'était pas habillé à son goût, elle passait en revue sa tenue vestimentaire. Tous les moyens étaient bons pour se faire distinguer comme étant la meilleure. Car il faut le reconnaître, c'était une très bonne employée : efficace et ponctuelle mais d'un caractère immonde et d'une vulgarité outrageante.

Difficile de trouver le juste équilibre et d'avoir les bons réflexes devant une telle personne à moins d'être aussi effrontée qu'elle. La vérité, c'est que depuis le début elle profite du moindre petit truc pour te faire remarquer que tu

ne sais pas jouer à ce jeu-là. Tu dois donc jouer au même jeu mais de façon méthodique, plus discrète et plus percutante mais pas trop directement non plus. Ils verront bien la différence.
- « Ah, je crois deviner à qui appartient la facture de l'institut de beauté. Malgré tous ces soins il y avait encore du pain sur la planche. Ah, si seulement je pouvais travailler avec des hommes et des femmes moins vulgaires » se dit-Chloé.
- Ce serait plus facile. Avoir à mes côtés un peu d'esprit moins de futilité plus de substance.
- Où est la substance ?
- Tu exagères !
- Pas vraiment, rien de plus détestable que d'être entourée de femmes en train de se regarder entre elles, et voilà ma nouvelle robe et voici mon rouge à lèvres… »
- Zut !
- Qu'il y-a-t-il ? me questionnait subitement Chloé
- La vache qui rit vient de se casser un ongle. Ca doit être une épreuve difficile pour elle.

A ce moment même, Chloé se demandait ce qu'elle faisait là. Où étaient les femmes à cervelle, les hommes intéressants ? En tout cas, pas dans le bureau !
Les Crétins Honorés Empotés Fumistes étaient loin, partis au club méd. Et pour ce qui est de leur intelligence et leur sensibilité, ça laissait à désirer…Ils étaient sûrement autour de la piscine en train de regarder des folles siliconées. Tu sais, dit Chloé, ce n'est pas dans mon caractère de faire ce genre des choses, ça ne sera donc pas personnel. Je vais être obligée de me forcer. Etre moi-même, c'est être complètement à l'opposé de cette bande d'énergumènes…

- Mais justement, tu n'es pas ici pour être toi-même. Tu es en représentation, en pleine comédie humaine. Montre-

leur tes talents d'actrice. Ce n'est pas Hollywood mais c'est comme si… !
- Quelle actrice, de quoi tu parles ? Tu ne crois pas que je vais vendre mon âme au diable pour quelques malheureux euros, pour ce boulot « alimentaire », pour cette prison électronique. Tu ne vois pas qu'ils ne prêchent que pour leur fric. D'autant plus qu'ils ne croient qu'en leurs machines qui leur crèvent les yeux huit heures par jour. A moi aussi d'ailleurs… Elles me cramment les yeux..

Il serait temps de changer de lunettes de vue ! Si je pouvais, j'irais élever des chèvres au Larzac.
- Je te jure que si je pouvais je le ferai. Mais là, un fil invisible et puissant m'attache à cet enfer comme cette ligne.

- Cette fois-ci, c'est toi qui exagères, dis-je à Chloé
- Eh oui, mais tu ne peux pas, tu es attachée, enchaînée à cette prison technologique.
- L'argent, voilà la clé de toute cette infamie. Oui, il vous rend chèvre… Tu sais, le blé, l'oseille, oui, oui, pas le beau blé des champs, l'oseille parfumée, non, non, le blé, celui qui n'a pas d'odeur, qui nous torture, qui est là toujours omniprésent.
- Comme toi d'ailleurs, non ?
- Il est en train de voler ton âme.
- On en a quand même besoin, Pas tant que ça.
- C'est ce que les autres pensent et que tu finis par croire. Il devient une drogue. Regarde le copain de Guy.
- Tu délires. Qu'est-ce que tu vas chercher là ?
- Réfléchis, tu verras.
- « J'ai horreur de la compétition. Chaque fois que cette bijouterie ambulante fait quelque chose de bien, elle envoie des mails ou tout simplement, le répète haut et fort comme

une gamine de dix ans. Si nous devions tous faire pareil, ce serait la cacophonie en continu…

- Je sais, je sais, mais écoute bien : avec méthode et patience tu iras loin, la constance et le travail bien fait finissent toujours par payer. Ce ne sont pas que de belles paroles. C'est un fait réel. Nourris-toi de belles choses, de belles idées… Ne laisse pas contaminer ton esprit d'espièglerie et de mauvaise foi.

Un peu d'humour et beaucoup d'amour manquaient cruellement à sa vie pour arpenter les sentiers tordus et non moins ardus du monde professionnel et de son existence temporairement mise en veille. Elle avait peut-être raison, partir loin dans la montagne, loin de cette civilisation sauvage trouver un peu plus de sagesse dans la nature, c'était peut-être là, la vérité, celle que nous cherchons tous. Saurait-elle le faire ? Pourrait-elle tout quitter ?

- Qu'est-ce que tu en penses ?
- Je ne sais pas, tu m'exaspères, tu me fais sortir de mes gonds !
- Quand ça ne va pas, tu peux crier, moi je ne sortirai pas des miens.
- Mais enfin, revenons à des choses plus concrètes, je pense que tu devrais mettre en place cette nouvelle tactique et ce, dès maintenant. N'oublie pas que je serai avec toi, tu ne seras pas seule.
- Waouh ! dit Chloé. Avec toi je suis sauvée, ce microbe miniaturisé, un pauvre être malheureux qui se réjouit à rabaisser et ridiculiser les autres.
- Oups…. Me voilà en train de parler comme toi maintenant.
- Au fait comment t'appelles-tu ? me demanda Chloé.

C'est sans importance, je suis celui qui se cache derrière toi, ton sixième sens, ton intuition, ta beauté cachée, donc, je n'ai pas besoin de nom. Je suis ton enfant intérieur, ta magie

endormie. Mais entre nous, tu sais qui je suis, donc le nom n'a pas d'importance. Tu me reconnais, c'est l'essentiel…
- Tu sais, ce n'est pas facile, de parler, tu parles énormément, constamment…
- Alors moi, eh ben ; je ne sais pas. On dirait que tu veux parler à ma place, tu veux me pousser à faire, à dire, à être. Tu es toi et pas moi !
- Tu te trompes Chloé, je suis une partie de toi-même, mais c'est difficile à comprendre ou peut-être mieux, à l'admettre… Je peux accéder aux méandres de ton imagination…Explorer tes rêves, les décoder, voir là-bas dans ta profondeur, là où se trouve cet autre monde encodé que toi-même n'arrives pas à déchiffrer. Là-bas cohabitent ta peur et ton bonheur. Ce monde fait acte de présence par moments en toi, il t'illumine, te donne les pas à suivre, te guide dans la vie. En revanche, il sait aussi par moments te conduire à l'abîme, te tourmenter dans tes cauchemars. Il sait t'aliéner. Dans ce monde, l'ombre et la lumière coexistent. C'est le monde de tous les êtres de cette planète s autres galaxies…
- Et oui, je suis venue pour te guider. Quand ta sérénité sera là tu n'auras plus besoin de moi. Quand l'équilibre frappera à ta porte tu n'auras plus besoin de moi. Nous nous serons fondus, tu seras moi ou plutôt, je vivrai en toi.
- Eh oui, tu prendras de la graine, tu t'exprimeras naturellement, tu te laisseras aller… Attention quand même, tu devras rester très vigilante car les êtres de cette espèce sont extrêmement malins. Elle finira par se rendre compte que tu ne réagis plus à ses élucubrations féroces et à ses remarques stupides.
- Montre-lui que tu ne te rabaisses pas à agir de la sorte, à te faire remarquer en permanence…. En plus, tu sais bien qui tu es…Demain sera un jour important pour toi Chloé.
- Montre-lui ce dont tu es capable. Ils verront la différence. Accorde de l'importance aux détails.

-Ne te laisse pas surprendre.
-Maintenant que tu as plus du recul, explique ta situation ton point de vue.
-Prouve-leur que les choses peuvent être autrement, mais fais-le avec finesse, ne te laisse pas gagner par la panique ou l'angoisse.
- Je dois avouer que tu as eu raison une fois de plus, me dit Chloé.
- Je me suis sentie enfin, entendue, j'ai soumis toutes mes suggestions, les problèmes existants, et les solutions à apporter. Espérons que cela portera ses fruits…
- Ah ! Te voilà, enfin réveillée, tu commences à me plaire…
- Bon ça suffit, me dit-elle.
- Toujours avec ton humour. Je me demande si tu me prends au sérieux ou bien si tu n'arrêtes pas de penser toujours comme un super héros, tu te prends pour Dieu ou quoi, toujours avec ta bonne morale…
- Peut-être que tout simplement tu ne veux pas suivre mes conseils. Tu n'es pas obligée de m'écouter après tout.
- Continue ton bonhomme de chemin dans la solitude, laisse-toi faire, tu verras tu finiras comme eux, aigrie et moche.
- Bon là, tu y vas un peu fort, laisse-moi tranquille à la fin.
- Va… Rentre, fiche-moi la paix à la fin !
- Pourquoi me traites-tu de la sorte, tu ne vois pas que je voudrais t'aider ?
- Je voudrais que de belles choses sortent de toi. Je suis sûr que tu pourras bientôt goûter aux plaisirs cachés de l'imperceptible. Entrevoir que la pluie n'est pas qu'une expression douloureuse du ciel. Les gouttes ressemblent quelquefois à des perles. Tu peux visiter ce monde de beauté où les oiseaux chantent pour toi l'hymne à la vie. Les arbres te montrent leurs plus beaux habits, le vent caresse ta peau sans arrière-pensée, les fruits savoureux laissent tes papilles imprégnées de leurs parfums. Bon, maintenant je peux rentrer.

En partant de son champ, j'allais jeter un coup d'œil du côté des autres personnages. La vache qui rit affalée devant sa télé regardait Love story sur la une. La scène était si pathétique que je ne tardais pas à m'éclipser.

Chloé commençait à connaître ces démons intérieur. Ses défenses allaient tomber sans trop tarder Ils se présentaient à elle comme un fantôme dans la nuit, par surprise sans prévenir, la mettant à terre comme une bête démunie, elle rentrait sans le savoir dans leurs griffes, ils étaient là, à l'affût de sa faiblesse, des doutes et des émotions trop fortes, prêts à attaquer, à savoir trouver ce petit recoin obscur pour rentrer et faire sa place, gangrener la beauté et la splendeur de l'instant. Elle succombait comme nous tous …

Certains jours, ces démons nous mènent dans un tunnel, là où les horreurs cohabitent avec l'envie de vie. Là où le sommeil paraît la seule issue, l'échappatoire à la torture.

Ces deux forces étaient là, en elle, en nous, en moi, en toi lecteur … Elles voulaient nous terrasser… Néanmoins la vie, le cri d'espoir lancé par les oiseaux, par ce beau soleil rayonnant, par ces rires des enfants qui rentraient par la fenêtre, allait être plus forte que cette douleur et cette plaie saignante.

Je voulais l'aider avec toutes mes forces. Comment ne pas m'immiscer, comment ne pas vouloir explorer ce passionnant personnage si vivant, si regorgeant de vie, sans pour autant perdre un peu une partie de moi-même. Les fusions n'étaient pas qu'amoureuses .Il y a aussi dans la vie, des étranges moments où l'envie vitale cohabite avec la peine. Cette étrange association contraire produit des effets extrêmement stimulants. Dans ces moments là, Chloé était un être à part entière.

Les ondulations et oscillations de l'humeur se mettaient à jouer avec elle, la plongeant dans des moments de bonheur simple. L'odeur d'une rose ou bien la vue d'un oiseau à la fenêtre la contentaient. La morosité des dernières semaines semblait l'abandonner et un léger goût de la beauté prenait place dans ses pensées, ses envies.

Il n'y a ni mer ni ciel ni terre dans l'enfer de la souffrance et pourtant ils sont bien là, mais la douleur aveugle, rend sourd, elle nous mène vers la torpeur. Cette torpeur nous fait naviguer vers des eaux troubles, la vision de choses se ternit, c'est la nuit dans l'âme !

Cette nuit s'effaçait. Le jour naissait.

Encore une énième semaine qui commençait. Chloé aurait tant voulu partir loin pendant un mois au moins.

Il ne fallait pas rêver, c'était impossible, personne ne part en vacances si longtemps. C'est du jamais vu dans ce service. A peine arrivée au travail, trois mois avant les grandes vacances, elle parla avec sa responsable. C'était chose faite. Elle n'en revient pas qu'on puisse lui accorder une telle grâce. Chloé ne savait pas encore où elle irait mais les idées d'ailleurs commençaient à se bousculer dans sa tête. L'Egypte, le Mexique, peut-être le Canada. Il y avait en elle un fourmillement interne comme le frémissement imperceptible de la terre.

Plus les jours passaient, plus elle était tentée par le Canada, voir ces vastes étendues de nature exubérante et riche, ces oiseaux divers, ces lacs merveilleux et cette neige de rêve. Chloé n'avait pas connu la neige. Dans son enfance, elle vivait aux tropiques et ses envies de neige se matérialisaient dans le flocon de coton accroché au sapin de Noël. La nature la fascinait. Dans les îles au loin dans l'océan Atlantique, elle avait côtoyé les oiseaux, les animaux sauvages. Les réveils étaient sonores, le coq signalait sa présence par son chant. Les arbres fruitiers exhalaient leurs parfums, les couleurs se manifestaient partout La lumière du jour avait une force sauvage. Elle avait à nouveau soif de nature, de vrai.

Le Canada semblait la destination idéale pour apprivoiser à nouveau l'essentiel, la nature, la terre mère. Mais enfin tout cela semblait loin et il lui restait encore trois longs et

interminables mois avant de goûter à l'aventure. Tout avait un prix dans la vie et le sien était le travail, la régularité, la discipline et surtout la rigueur. Alors, la voilà repartie au travail.
- « Vas-y Chloé, plus que onze semaines et tu seras à des milliers de kilomètres de ta petite cage.
Chloé pensait sans cesse aux vacances, elle se nourrissait de cette idée pour résister.

Dès la fin de sa journée, plusieurs heures étaient consacrées à consulter les agences de voyages. Elle feuilletait et étudiait des dizaines de catalogues sur le Canada. Cette nature limpide, verte, intense….Ce savant mélange d'urbanisme et de nature semblait cohabiter en harmonie.

**Le marchand de fruits**

Elle n'avait pas attendu samedi pour faire les courses. A peine sortie du travail, elle prit le premier métro pour se rendre chez elle. Pas loin de son domicile le marché de Montrouge offrait le plus beau spectacle de couleurs, des fruits en tout genre venant de tous les pays du monde. Le lendemain, tous les ingrédients étaient sur la table pour préparer de la confiture de coco et un gâteau à la mangue. Elle l'offrirait aux enfants du quartier, juste pour le plaisir de les voir se régaler, là tout près d'elle sur le parc du Sacré cœur. Le cri de la vie finit toujours par se manifester et nous ramener vers notre vraie nature, celle de l'amour de l'existence.

Chloé n'écoutait pas son instinct. Quand l'envie de dessiner lui démangeait les doigts, elle passait à autre chose pensant qu'elle n'était pas douée. Fallait-t-il vraiment l'être ? L'essentiel était d'essayer mais elle s'interdisait cet essai. Les jours passaient et son projet de vacances prenait forme.

L'attente était comme un gène qui la démangeait au fond de l'estomac. Quelquefois elle était très forte. Sa vie s'effritait en restant là. Elle avait besoin d'un grand bol d'air. Son désir d'aventure, la nouveauté, le goût des autres dans d'autres confins lointains, connaître d'autres cultures, pouvoir se surpasser, tout cela grandissait en elle, comme un volcan qui entrerait bientôt en éruption.

Ce marchand avait les plus improbables des fruits en plein mois d'hiver. Elle adorait venir là, déployer ses envies, titiller ses papilles et acheter des nectars, du miel, des ananas, des fruits de la passion, des patates douces, des topinambours, de civettes. C'était le paradis des nourritures terrestres.

Depuis le décès de ses parents, elle habitait la ville des lumières. Cette grande métropole contenait tous les charmes et l'on pouvait trouver d'énormes sources d'inspiration. Pour cette raison, l'envie devait venir taper à la porte de son esprit…Comme elle le faisait quand ses sens s'envolaient chez le marchand.

 Un beau jour, elle décida d'aller faire les musées, le premier son préféré ; le Musée d'Orsay, ces toiles des impressionnistes la faisaient rêver. Elle se croyait déjà au Canada en regardant les tableaux de Monet. Car ce dernier avait élu l'Amérique du nord, le froid glacial pour peindre certains de ses tableaux.

 Bien sûr, le paysage n'était pas le même. Les belles vues de la Méditerranée n'avaient rien à voir avec les immensités du grand pays du froid. Chaque partie de la terre avait sa propre beauté. Cependant, elle magnifiait le Canada sans le connaître. En revanche, elle était déjà allée dans le sud de la France. La visite au musée la plongeait dans tous ces paysages du sud revu et corrigé par tant de peintres. Monet, Matisse, Van Goth et d'autres.

 Toutes ses perceptions s'éveillaient comme ces moments ou elle se penchait à la fenêtre de son appartement. Certains jours la vie retrouvait sa magie. Tous les sens se multipliaient. Au musée, Chloé crut même sentir les odeurs de fruits sur les natures mortes.

 Les semaines s'écoulaient dans la routine écrasante du travail. Les quelques changements qui avaient eu lieu semblaient améliorer tant bien que mal la situation. Il fallait inévitablement se conformer à la médiocrité navrante, ne pas s'investir dans ce travail dépourvu d'intérêt.

 Tous les jours vers six heures trente elle se levait pour écouter le silence du petit matin. Cette quiétude tant cherchée était entrecoupée du chant d'un oiseau qui piaillait pour réveiller ses congénères. Chloé était enchantée par ces instants. Dans quelques jours, elle se préparerait à partir à douze mille kilomètres de chez elle. L'heure de toutes les contingences avançait à grand pas. Plus que quinze heures après ces longues semaines de rêve et d'attente. Dans exactement quatorze heures et cinquante minutes elle serait dans l'avion et demain à douze

heures locales elle foulerait le sol à l'aéroport de Toronto. Elle se croyait comme Jules Verne dans vingt milles lieues au fond de la mer. L'excitation l'empêchait de dormir et elle préférait le calme du matin au lit douillet.
- Ah, plus que quelques heures et j'y serai… entendait on dans la pièce.
- Alors Chloé tu parles toute seule ? lui dis-je
- Ah, c'est toi ? Eh oui, je suis heureuse de partir. Tu sais, je me sens voler. J'ai l'impression d'avoir été avalée comme le serpent du petit prince dans le chapeau.
- Oui je vois, ce voyage va te révéler à toi-même, je t'accompagnerai. Je serai dans ton esprit. A présent, je suis une sorte d'ange gardien.
- Je l'avais deviné, murmura Chloé doucement.
- Tu te rappelles ton dernier voyage, c'était sur la côte ouest des Etats Unis il y a deux ans. Déjà à cette époque tu avais traversé le Canada, et vu les chutes du Niagara au loin à des milliers de pieds d'altitude. C'était une folie…Visiter la cabine de pilotage pour voir le paysage depuis le ciel. Fabuleux et dingue à la fois !
- Oh oui, j'ai encore les images dans ma tête…Elle est curieuse la vie quelquefois. Des idées sommeillent en nous et des années plus tard, elles donnent naissance à un projet, un souhait et nous voilà en train de réaliser ce qui au début, n'était qu'un rêve.
   Qui aurait pu imaginer deux ans auparavant que le destin la conduirait à nouveau vers ce continent.

   Chloé était excitée. Depuis des jours elle se mettait dans la peau d'une grande voyageuse. Au travail elle était ailleurs. Les responsabilités étaient présentes elle devait assurer mais son esprit était déjà parti.
   Quelques semaines avant son départ un effet mystérieux se produisait. Les gens au travail avaient changé, ou était ce plutôt son regard ? En tout les cas, on commençait à la féliciter en

voyant comment peu à peu Chloé avait de plus en plus confiance en elle. Elle prenait des dossiers épineux, participait de manière plus active aux réunions, même si l'on ne prenait pas toujours en compte ses suggestions...

Elle n'attaquait plus de front préférant la douceur à l'énervement. Chloé se mettait à peaufiner les détails. Son bureau ressemblait à celui d'un moine. Il était épuré, juste le strict minimum en surface. Un joli pot décoré par ses soins garni de lavande et une photo de groupe, juste quelques crayons et deux bannettes avec des dossiers. Elle voulait que l'ordre puisse régner dans ce capharnaüm ambiant. Pour cela rien de mieux que le montrer et le prouver.

Si eux ne le voulaient pas et prétextaient ne pas avoir le temps pour un meilleur fonctionnement, elle en revanche commençait à briller par sa transparence. C'était *sa* manière de subsister au milieu de ladres.

Elle ne se rebiffait plus et devenait de plus en plus efficace.
- Bien fait, Chloé, pas un accroc. Parfait !

Ce monde était une éternelle comédie comme l'avait si bien décrit Balzac. La soirée du travail le lui avait bien confirmé, en lui laissant un goût amer. Eliane qui travaillait avec elle était en dépression nerveuse et semblait être accrochée à la bande. Après des mois d'arrêt maladie, elle s'était décidée à venir à la fête. Comment pouvaient-ils la lâcher comme ça ? Chaque fois qu'elle voulait la voir, elle disparaissait de son champ de vision. Chloé ne parvenait pas à s'approcher d'elle tellement la foule était dense. Vraisemblablement, ce monde l'incommodait. Néanmoins elle faisait acte de présence de temps en temps histoire de ne pas trop se mettre à l'écart. Ce constat lui laissait présager son départ. Elle ne ferait jamais partie de cette bande. Toutes les soirées et les années de travail ensemble, les fêtes entre eux. C'était dégueulasse. Chloé avait de la peine pour L...

Le lendemain Chloé se mit à décorer son cahier à découper des papillons sur une revue avant de partir passer le week-end chez sa tante. Une envie soudaine s'emparait de ses sens. Depuis longtemps déjà des idées foisonnaient dans son esprit mais rien ne venait. Et là sans s'y attendre, l'envie de créer surgissait. Elle commençait à dessiner.

    Ces deux jours à la campagne avaient été très bénéfiques. La vie reprenait des couleurs en vacances, les gens n'étaient pas les mêmes, il y avait dans l'air un je ne sais quoi de magique, le changement de rythme la transportait dans un monde de délices. Chloé apprenait peu à peu à appréhender l'imperceptible. Cette volupté retrouvée dans l'observation du vent qui faisait danser les feuilles sur les arbres, sa jupe en mousseline ou bien les poils hérissés de Justine tranquillement assise sur le balcon. Cette appréciation des choses de la vie, l'écoulement du temps lui serviraient mais elle ne le savait pas encore.

De retour à Paris, assise sur le rebord de la fenêtre elle continuait à sentir cette présence.

    Elle n'arrivait pas à savoir qui était cet homme mais elle sentait depuis longtemps comme si quelqu'un l'observait. Quelquefois c'était agréable, mais pas toujours...

Comment définir cette sensation ? C'était difficile. Elle se sentait bien. C'était un regard discret... Mais sans nom sans visage, elle croyait connaître son origine. Dans quelques temps, peut être même cet après-midi là, elle saurait si c'était lui, le voisin brun, celui qui s'arrêtait toujours à côté d'elle chez le marchand de fruit.

**Une voix chaleureuse.**

Une présence, une voix aimable, l'existence redevenait viable quand un éclair de joie illuminait son cœur...Elle reconnaissait cette voix. Les hommes dans la petite échoppe étaient aussi sous le charme de cette voix. Décidément la voix possédait ce pouvoir que l'on retrouvait dans les mythes anciens et les légendes éternelles. Qui était-ce personnage ? L'autre est en nous ?

Cet autre nous habite et souvent nous le rejetons. Il nous bouscule, nous taquine, nous taraude. Il vient souvent nous demander quelque chose que nous ne pouvons pas lui donner.

Nous cherchons toujours dehors oubliant l'intérieur, l'intériorité, notre intimité. Il croit la trouver dans l'autre et dans ce jeu il se perd car il fusionne avec un autre, il oublie de se retrouver avec lui-même, de centrer ses forces. Il veut saisir comme un enfant avide, un enfant qui aurait soif, qui aurait faim…

L'autre est un peu nous-mêmes. L'inconnu qui l'observait depuis quelques semaines, elle le guettait aussi à son tour. C'était cet homme aux doigts longs et sveltes qui avait frôlé ses mains en achetant des tomates chez le marchand de fruits et légumes. Il était grand et marchait en caressant les pavés de ses pieds longs et beaux.

Il semblait comme venu d'ailleurs. Depuis des mois, ils se côtoyaient chez le marchand se souriant mutuellement d'un sourire timide et doux. Il se guettait sans se voir… sans oser faire le premier pas. Elle sentait sa présence sur le rebord de la fenêtre. Doux et Au moins, lui, il avait de la conversation …Elle le trouvait un peu trop sûr de lui par moments. Cette aisance quelquefois lui semblait feinte. Tout est un état d'esprit, se répétait Chloé dans sa tête. Il agissait avec délicatesse, comme les pas feutrés de Justine, sachant se retirer quand elle déboutonnait sa chemise à cause de la chaleur, sachant trouver une activité autre que l'observation de cette créature, sachant chasser la curiosité pour ne pas succomber à la tentation de voyeurisme, sachant tout simplement la regarder quand elle fermait ses yeux et penchait son visage pour ériger son cou vers le ciel. Les semaines passèrent, il aimait regarder ce visage mouillé par la fine pluie d'automne qui restait là, perché à la fenêtre recevant un cadeau du ciel.

Ils aimaient cette quiétude du matin, elle se savait regardée et lui ne savait pas qu'elle savait. Il était beau, d'une beauté rare, des yeux noirs se dessinaient au dessous des épais sourcils. Quelques rides ici et là se laissaient entrevoir au coin de l'œil, et ce nez rectiligne, digne d'un Dieu grec, descendait peu à peu sous une bouche rouge désir.

Le destin les avait conviés cet après midi là. Etait-ce une coïncidence.

- Quelle chaleur… Je me ferais bien un jus d'orange avec de la glace, se surprit Chloé spontanément alors qu'elle s'exclamait au beau milieu de la place.
- Quelle idée ! dit Guy.
- Pardon…
- Eh, je vais dire, de la glace dans le jus d'orange, ce n'est pas commun non ?
- Je vais bien essayer, après tout.
- Allez ! Va pour un kilo d'oranges. La vitamine qui éclabousse le marasme et la monotonie.

Le marché était rempli des gens typiques du quartier, des artistes, des gens modestes, des habitués. Quelques touristes se mêlaient à la foule. Parmi les voix et le monde, ils s'éloignèrent de la foule. Une conversation entre deux êtres originaux s'engagea.

Pendant plusieurs semaines ils se rencontraient chez le marchand de fruits jusqu'à ce qu'un jour sans s'en rendre compte, naturellement, ils prirent le chemin du Sacré-Cœur et restèrent des heures à discuter assis sur un banc.

Qui était cet inconnu qui parlait si facilement de recettes de cuisine pour embrayer de manière régulière et progressive sur des sujets d'actualité comme la faim dans le monde ou la délocalisation de grandes multinationales ?

bon chic bon genre. Elle ne voulait plus se tromper. Derrière cette aisance, cette classe, il devait bien y avoir autre chose, ne serait-ce qu'une façade ?

- Je veux savoir….
- Patience !
- Non…
- Donc attends…..Est-il celui que je crois être, ce qu'il veut laisser paraître de lui ?
- Tu le découvriras peu à peu.
- Qui peut vraiment savoir qui il est ?
- Le temps te le dira. Rappelle-toi, de ce voyage qui t'a emballé pendant longtemps. Tu n'es plus qu'à huit jours du départ. Tu ne vas tout de même pas perdre la tête pour Guy Il venait de croquer des fraises chez le marchand et quelques gouttes du jus désiré coulaient sur les commissures de ses lèvres. Guy se sentit rougir en voyant Chloé regarder les gouttes rouges pivoine couler jusqu'au menton. Bientôt, il en saurait plus sur elle aussi.

## Le Canada

Deux semaines plus tard, il recevait une carte postale du Québec ensuite une autre du Parc provincial Hecla.

Chloé semblait oublier Guy devant les merveilles que la nature offrait sauf quelques heures dans la nuit, seule dans sa chambre.

Ce pays avait sur elle une attirance profonde. La nature l'émerveillait à chaque coin de rue. Le Québec avait réussi le grand pari d'un mariage entre urbanisme et nature. Ces arbres de plus de dix mètres de hauteur s'érigeaient en compagnie des habitations vertigineuses. Des cohues immenses d'oiseaux se posaient sur les rebords des bâtiments.

La première semaine elle se mit à explorer la ville, cherchant à dénicher des coins insolites. Perchée sur la majestueuse péninsule de Gaspésie où d'énormes colonies d'oiseaux virevoltaient dans le ciel, où les vagues de l'océan se jetaient sur les falaises abruptes.

Le Parc National Forillon l'avait séduite. Ah ! La Gaspésie à l'extrême est du Québec, cette région couvre l'estuaire de Saint Laurent, riche en maisons et bâtiments ancestraux et se dévoile sur la route 132.

Les gens semblaient sereins, gais. Ils avaient des visages paisibles. L'air naturel du froid leur réussissait et semblait illuminer leurs yeux.

Chloé rêvait de ce pays là quand elle était petite et ne connaissait qu'une seule saison. Caressée par le soleil de plomb et les kilomètres de plages où les cocotiers avaient l'air de tomber sur l'eau turquoise de l'atlantique, elle n'avait vu ces paysages glacés que dans des films. Le Canada était autre chose, un éventail de possibilités une faune foisonnante. Contrairement à ce qu'on pourrait penser, cette ville n'avait rien à envier à aucune autre. Le froid aussi avait son charme.

Chloé voulait aller plus loin, plus haut, goûter à la hauteur. C'est ainsi qu'elle choisit de visiter le Parc National de

Bnaff-Alberta à 1334 mètres d'altitude, la plus haute ville du Canada au sud du pays. Les eaux riches en minéraux et naturellement réchauffées la délassaient. Son stress disparaissait au fil de l'eau, des jours…C'était le paradis entouré de montagnes.

A Heckla nom donné d'après le volcan islandais Heckla, au parc provincial, il régnait un décor immaculé et paisible. Chloé avait l'impression de frôler l'irréel, loin de la pollution, de bruit, de la mascarade sociale. Cet endroit semblait sortir d'un rêve. Les couleurs des paysages étaient pures, comme l'air qu'elle respirait. Quelques jours plus tard, elle décida d'aller visiter Belle île, guidée par une force par laquelle elle ne pouvait être que captivée. C'était un endroit déjà exploré par Monet, là où la lumière changeait d'instant en instant, là où il peignait deux tableaux à la fois. Elle voulait voir de ses propres yeux cette beauté transmise sur le tableau du maître. Les mots lui manquaient…

Deux jours plus tard, elle arriva en Colombie Britannique. Entre l'océan et les montagnes couvertes de glaciers, s'étend sur 250 kilomètres l'une des dernières forêts pluviales tempérées. Cette partie de la Colombie Britannique est un microcosme où les eaux se mêlent aux arbres à feuillage persistant, aux lichens géants, aux glaciers et aux pluies perpétuelles. Une nature faite de ciels cristallins, de lagunes de couleur émeraude et de fjords incroyablement profonds. Une forêt fantastique, hostile et merveilleuse à la fois. C'était une invention de la nature : des orchidées, des feuilles gigantesques à côté de la mer. A quelques pas de cimes enneigées, de cascades et de réserves indiennes à quelques centaines de kilomètres de Vancouver, c'est la plus grande île de l'ouest américain. Chloé se sentait toute petite.

Cette immensité prodigieuse lui faisait penser aux temps préhistoriques…Chaque fût de sapin, de cèdre rouge ou d'arbre *sempervirents* était revêtu de différentes strates de mousses. On eut dit des rideaux de théâtre Partout, des buissons foisonnant de myrtilles rouges et bleues, des baies jaunes et des fleurs au parfum de bois mouillé. Il était difficile de se frayer un chemin. Le guide les avertissait des possibles dangers cachés sous la mousse épaisse du sol. Des légendes indiennes prétendaient que les ours, les aigles, les loups, les crabes et les esprits de peuples anciens habitaient là….

Des couleurs acides et des bruits omniprésents apportaient à l'atmosphère une sensation étrange. Elle écoutait les oiseaux volant au-dessus de l'eau. C'était une aventure à couper le souffle. Ce qu'elle avait devant ses yeux dépassait toutes ses attentes….

« L'homme est en train de mettre son grain de sel, là où on ne l'a pas appelé. La plus vaste forêt tempérée de tout l'hémisphère Nord, qui recouvre presque 3,2 millions d'hectares, soit deux fois le parc naturel du Seringueti en Afrique, est en danger. Heureusement, certains sont en train de réagir pour essayer de sauver toute cette splendeur ». Chloé écoutait avec stupeur les paroles du guide. Un gars bien du nord engagé jusqu'aux dents dans la cause environnementale.
C'est un pays magnifique ! répétait Chloé dans son for intérieur.

Pendant ce temps Guy restait à Paris plongé dans son projet d'écriture. Il savourait les premiers froids de la capitale. Les feuilles tombaient à sa fenêtre. Il les ramassait et les frottaient dans ses mains pour entendre leur crépitement. Il imaginait Chloé marchant au milieu de kilomètres des feuilles, enfonçant ses pieds dans des amoncellements de feuilles mortes, entendant le même bruit.
C'était un homme réservé. Il me faisait penser à ces écrivains préoccupés par une perfection inexistante. Trop de perfectionnisme de spécialisation finissait par tuer un peu le mystère de la vie. Il finit par me surprendre avec son scénario fantastique. Vouloir tout accaparer par la pensée, ne pas se laisser porter par la passion, par cet indissoluble mystère de la vie. Tout ne pouvait pas s'expliquer et bien heureusement d'ailleurs. Vouloir comprendre c'est bien l'une des plus grandes

qualités de l'homme, appréhender le monde. Cependant, ne valait-t-il pas mieux souvent laisser une part d'inexplicable à l'existence ?

Chloé avait besoin d'un homme fort, posé, d'un être avec fantaisie. Il était plein de sagesse et de gentillesse. L'amour avait rempli son cœur dès sa plus tendre enfance. Ses parents lui avaient donné de la tendresse, il regorgeait de vie ! Chloé en revanche en avait pris pour son grade depuis des années. L'arrivée de Guy venait rompre avec sa souffrance. Pourrait-t-il la rendre heureuse ?

Il avait du mal à se concentrer l'imaginant partout croyant la retrouver là juste derrière lui. Son esprit le suivait. De son côté, Chloé pensait un peu à lui, mais l'émerveillement du nouveau l'emportait. C'était encore plus beau que les livres, les documentaires. C'était comme si elle touchait un des poumons de la terre. Le sentiment d'ivresse envahissait son cœur et son corps. Les mots n'étaient pas assez explicites pour témoigner son ardeur devant de si beaux paysages. Elle avait l'impression de fusionner avec la nature. Ces couleurs flamboyantes paraissaient irréelles, comme ces photos sur papier glacé si astucieusement remaquillées par des artistes. Les couleurs de Paris lui semblaient fades et ternes à côté de cela. Ce monde féerique était si impressionnant qu'elle redoutait son retour en Europe. Quelques jours avant le retour, la nuit, les images se succédaient à une vitesse effrénée. Elle voulait les ralentir… L'idée de retourner dans sa cage à poule dans ce box appelé travail, la rebutait. Mais là au milieu de toute cette merveille naturelle, elle respirait profondément comme voulant absorber la moindre particule de bonheur jusqu'à la dernière gouttelette de rosée posée sur les fleurs du matin.   Arriverait-elle à se révéler aussi facilement en présence de Guy ? Ce voyage aux antipodes allait changer sa vie.

### Et si c'était vraiment possible

Trois jours après son retour de Paris, Guy l'appela, ils décidèrent de se voir à la terrasse du café juste en face de chez elle.
Guy la trouvait métamorphosée….
- « Oui, toutes ces merveilles m'ont donné envie d'autre chose….De changer cette vie monotone, cette routine mortelle qui tue à petit feu, comme un goutte à goutte rempli de poison. Ai-je vraiment été heureuse ici ?
- Je voudrais autre chose, une autre ambiance, sans conflits d'intérêt, sans peur, avec joie, avec spontanéité, avec quelqu'un… sans tabou, avec authenticité, avec de belles choses sans chimère, sans sépulture vivante.
- Tu te laisses transporter par tes émotions, tu ne vis pas en surface !
- L'exaltation est ta drogue, lui dit Guy tout d'un coup, d'un ton sec.
- Elle est pourtant nécessaire pour survivre à la médiocrité réitérait Chloé.

Leur conversation continuait bon train, pendant plus d'une heure. Peu à peu ils s'avançaient vers l'appartement. Il entendait Chloé aller et venir dans la cuisine, puis dans la salle de bains pendant qu'il feuilletait des livres pris au hasard sur sa bibliothèque. Guy se levait du fauteuil du salon et entrait dans la salle de bains.
Chloé était debout dans la baignoire. Elle tenait la douche au-dessus de sa tête, s'étirant et ondulant voluptueusement sous l'eau qui ruisselait sur elle et aspergeait tout la pièce. Il ne fit pas un geste, redoutant de l'effrayer. Il se contenta de la toucher du regard, caressant les cheveux bruns qui encadraient son visage, effleurant ses épaules, ses seins, son ventre et ses cuisses, descendant jusqu'à ses pieds. Il n'avait jusqu'à alors que le pressentiment de sa beauté. Tout doucement, il se faufilait dans

la chambre, se déshabillait glissait doucement dans la salle de bains. Chloé lui tournait toujours le dos et ne pouvait pas l'entendre arriver, assourdie par le bruit de l'eau. Mais elle ne semblait pas surprise en sentant le contact de sa peau nue contre elle dans la baignoire. Les caresses de ses mains qui se mettaient à suivre la courbe de son corps. Chloé tenait la pomme de douche en l'air, faisant ruisseler l'eau sur leurs deux corps étroitement serrés. Guy respirait le parfum du savon sur ses cheveux. Elle fermait les yeux et il posait un tendre baiser sur sa nuque.

Ils restaient couchés jusqu'à l'aube…Au petit matin, il se faufilait dans la salle de bains tandis que Chloé glissait délicatement sur la table de nuit le cadeau qu'elle avait ramené de ses vacances.
Une fois rhabillé, Guy jeta un regard furtif sur le paquet.
- Qu'est ce que c'est ? Ouvre-le, tu verras, ça vient du Canada…
- Un cd des chants indiens ! comment tu as deviné ?
Ce voyage avait été nécessaire pour ne pas succomber.
Pourtant elle avait peu à peu atteint ce degré de compensation qui lui permettait d'être très performante dans son travail.
Ses responsables étaient éblouis. Il fallait bien redorer le blason. Ne plus succomber à ses naïvetés.

Le lendemain matin une lumière blanche indécise illuminait les platanes du boulevard. Elle le voyait au loin depuis la fenêtre de son appartement. Chloé avait ramené un chandelier en étain du Canada qu'elle déposa avec précision sur la cheminée. Elle parcourait d'un regard studieux les titres de livres déposés sur sa bibliothèque, elle en choisit un : Elle le prit et le mit sous son oreiller.
Voilà ce qu'elle voulait : vivre, revivre ressentir de belles choses et se souvenir de la nature exubérante. Ne pas retomber dans la

routine, maintenir en elle la « chispa de la vida » (l'étincelle de la vie).

Chloé n'avait vu Guy qu'une fois depuis son retour. A vrai dire, elle était partie avec son souvenir. Il était dans ses bagages, dans sa tête et presque dans son cœur. Ils s'étaient longtemps parlés avant son départ. Cette relation naissante lui donnait des ailes… Comme une synchronie, une coïncidence, le téléphone sonna ce samedi quinze octobre à onze heures du matin. C'était Guy. Ils avaient décidé de passer l'après-midi au Louvre et redécouvrir de salles connues, les observer avec un regard nouveau. Revoir ensemble ce qu'ils avaient par le passé, découvert séparément.

Les salles Egyptiennes… Cléopâtre toujours aussi secrète, endormie depuis des siècles dans son sarcophage. Le fabuleux collier en lapis lazulite, les boucles d'oreilles. Que de merveilles ancestrales…Depuis son retour, ils avaient très peu discuté. La vitesse de la vie les avait encerclés sans même avoir eu le temps de se revoir souvent. Toutes ces salles pleines d'histoires et de souvenir les éloignaient du présent. C'était pourtant au présent qu'il fallait revenir, dans des salles où des millions d'années se chevauchaient, incarnées par des sarcophages, des statues, des talismans et des beautés éternelles. Deux êtres se parleraient de ces choses qu'on ne dit presque jamais et qui pourtant vous marquent à vie. Des fleurs, des secrets inavouables, des élans inassouvis, des amours perdu, des ballades en montagne, des musiques mélodieuses et suaves. Retrouver les mots.

Pendant qu'ils discutaient, Chloé avait une amère sensation, le souvenir du passé se mêlant au présent. Il y a parfois des moments qui semblent figer à jamais l'émotion amoureuse et elle semblait encore enchevêtrée dans le passé dans cet amour profond qui avait pris fin il y a si longtemps déjà, presque une éternité. Comment dire à Guy qu'elle avait peur, qu'elle commençait à avoir l'impression que grâce à lui le plus noble des sentiments renaîtrait à nouveau.

Le temps s'était écoulé, elle ne lui en voulait plus à ce type sans aucune classe qui l'avait séduite. Bien au contraire, elle arrivait parfois même à l'admirer tout en ayant de la peine pour lui. Il avait choisi l'argent et les responsabilités. Peut-être bien qu'il avait fini par s'aimer lui et son aventurière. Chloé était restée déchirée pendant très longtemps. Elle l'avait oublié mais la plaie de cette ancienne histoire s'ouvrait par moment. D'ailleurs elle se demandait encore si ce triste épisode de la vie ne lui gâchait pas son présent.
Les conséquences de cette histoire formaient une entrave.
- Nos blessures ne doivent pas gâcher notre présent Chloé, dit Guy
- Je lis dans tes yeux une amertume lointaine, comme un arrière goût de souffrance….
- Tu sembles percevoir beaucoup de choses en un clin d'œil… lui dit-t-elle.
- Je ne fais que traduire par des mots ce que je ressens en ta présence.
- Tu vois des choses très lointaines, sont-elles aussi perceptibles ?
- Comment peux-tu savoir ce qui est en moi, mon passé, mes émotions, nous nous connaissons à peine...
- Tu es trop sensible Chloé, et cela pourrait te porter tort.

Une fois la visite du musée finie, chacun prit des chemins opposés. Guy aimait Chloé avec cet amour tendre et passionné que les femmes aimeraient un jour trouver. Cet amour recherché dans les plus infimes recoins sans jamais le trouver. Il était magnifiquement conquis.
- Qu'est-ce qui lui arrive à ce Guy ?
- Il veut s'immiscer dans ma vie, dans mes sensations, mes émotions. On croirait t'entendre !
- Ah ! Chloé comment ça va ? Je croyais que tu m'avais oublié, maintenant que Guy fait partie de tes pensées, tu me négliges, mais je vois que tu penses à moi. Cela me flatte.

- Tu ne m'oublies pas !
- Bon ça suffit, je me vois dépourvue de ma propre pensée.
- Vous voulez me scruter, me sonder. Je ne suis pas une nouvelle planète !
- Oui je ressens bien des choses pour lui.
- Je ne te comprends pas Chloé. Tu étais revenue pleine de vitalité, voulant faire des choses incroyables et te voilà triste.
- C'est à cause de Guy, ça va pas entre vous Chloé ? Où est-t-il d'ailleurs ?
- Il est rentré chez lui.
- Laisse-le, il a besoin de respirer !
- Toi, toujours aussi curieux. Qu'est-ce que tu as toi aussi, tu veux tout savoir ? Tout contrôler….
- J'ai le droit de garder mes mystères et de prendre mon temps. Est-ce que tu crois que tu es le seul à avoir le monopole sur tout ?
- Qu'est-ce qui t'arrive ? Tu es bien agressive tout d'un coup ?
- Où est passée ma Chloé adorée ?
- Arrête de te moquer….
- C'est le travail qui te rend comme ça ?

C'est vrai je n'avais pas le droit de l'assaillir avec mes questions. Le bonheur est tel une plante fragile. A n'importe quel moment, il peut en venir à se faner par une pensée, une lettre, un souvenir en apparence anodin. Le passé ressurgissait à nouveau. Elle se rappela tout à coup de *ce type*, et les larmes glissaient sur ses joues.

Elles tombaient soudainement, comme un orage qui éclate, comme une lettre de quelqu'un qu'on n'attend plus… C'était inattendue, la relation avec Guy lui faisait peur et la renvoyait au passé, à cet amour immense. Cet homme était parti, comme ceux qui partent sans dire au revoir, la laissant seule. Depuis, elle se sentait comme handicapée, effrayée. Quelque chose de l'ordre du non dit s'était brisé en elle.

Quelque chose qu'elle n'arrivait pas à saisir. Elle devait briser cette barrière.

Quel drôle de mystère pouvait arriver au point de lui anesthésier le cœur ? La douleur du passé était comme une pierre avec différentes strates. La cause en était à l'intérieur, elle ne semblait plus s'en souvenir.

Seule la tendresse pouvait la sauver de l'amertume, de cette solitude écrasante. Elle savait sans pouvoir le formuler, que l'amour lui donnerait des ailes, que cet homme qui était là, tout près, pourrait la rendre heureuse, mais pour cela elle devait commencer par se pardonner, se réconcilier avec son être intérieur.

Ce voyage au Canada l'avait revigorée. Ces instincts profonds de création s'étaient réveillés et la beauté de ce pays lui avait remplit la tête d'idées nouvelles, créatives et enrichissantes. Elle allait devoir se recueillir pour comprendre ce mystère qui l'empêchait d'aimer. Elle devait comprendre tout ce gâchis, ces années perdues, bloquées par un fantôme… Quel fantôme ?

- La vie n'attend plus. Réveille-toi !Dit au revoir à ta peur. Chasse-la de ton esprit. Bon sang ! Sors des sentiers battus.
- Ton omniprésence me rend dingue, me dit-elle.
- «Il n'y a pas que toi. Ta morale me gonfle maintenant.

Ça me donne la nausée.
- Que tu veuilles m'aider pour le boulot, ok, mais tu vas tout de même pas fouiner dans ma vie amoureuse.
- Vas 'y, enfin te voilà. Réveille-toi ! Tout ce que tu peux dire sur moi, me laissera de marbre.
- Allez, continue, manifeste ta frustration, ta colère, sors Défoule-toi une bonne fois pour toutes.

Tu es restée bloquée, muette devant sa lâcheté. Cet homme ne fait plus partie de ta vie.
- Jette-le aux orties. Il est loin de toi. Oublie son ingratitude, son affront.

Son désespoir était tel qu'elle l'avait retourné contre elle-même. Il hantait son esprit.
- Tu voudrais grandir, t'éveiller, avancer, néanmoins la douleur accapare tes sentiments. Exprime-toi, tu n'es pas ce moustique insignifiant que tant de gens croient connaître.
- Rebelle-toi !
- Je ne peux pas.
- Si, tu peux !
- Non !
- Je te dis que si. Tu es ton propre maître, change scénario…Cette nausée est la manifestation de la douleur que tu t'infliges. Cet homme d'il y a trois ans, oublie-le pour de bon. Ne gâche pas le présent !

Ferme les yeux. Ouvre tes sens, sens ces fleurs, regarde-les avec un autre regard, moins atterré, moins habitué au vieux, à cette poussière transparente qui te colle.

- Ouvre-les comme un papillon qui étend ses ailes pour voler. Vole vers le vrai, ferme les yeux à la laideur du monde. Ouvre-les pour voir sa beauté. Elle est autour de nous…
- Le paradis perdu, voilà à quoi tu me fais penser.
- Change de prose…dit Chloé furieuse.
- Tu crois ça !

Le Canada semblait loin, les jours passaient, ils se ressemblaient s'entassant les uns après les autres sans qu'il y en eut un plus beau que l'autre. C'était comme si le temps s'était mis d'accord pour venir ternir la vision d'une réalité trop écrasante, trop banale, trop quotidiennement mortelle.

Ces merveilleux paysage de nature sauvage n'avaient plus d'écho en elle, ne résonnait pas de la même manière. C'était comme si un voile gris était venu obscurcir le monde. Le monde n'était plus limpide, de ces si belles couleurs indéfinissables dont la nature sait si bien s'habiller. Guy n'était plus hardi. C'était comme si le monde avait changé, le retour à la routine réveillait en elle les fantômes du passé.

Les impondérables et la contingence voulaient comme ternir, griser son humeur…Guy ne la comprenait pas. Quoi de plus normal que d'être gaie, heureuse de profiter de la vie.
C'était sa philosophie, il n'avait pas vécu les mêmes expériences. Le manichéisme ambiant n'était pas de mise pour lui non plus. Cependant, tant de tristesse et d'amertume de la part de Chloé, le perturbaient.

Elle semblait vivre ailleurs. En réalité, après l'euphorie, l'enthousiasme, son retour l'avait plongée dans une asthénie douloureuse. Elle avait du mal à accepter la réalité parisienne. Ce monde écrasant, ce travail sans merci, cette espèce de prison de cristal. Quel contraste brusque entre cette ville titanesque, métallique et la nature splendide du Canada. C'était à bien des égards des grandes métropoles, chacune avec son charme respectif.

Les gens aussi étaient différents. Il y avait comme une humanité inhérente à leur personne, un savoir chaleureux. Le froid ne leur avait pas glacé le cœur. Elle avait bien senti cet esprit communautaire digne des canadiens…

## Le boulot

Au bureau la situation n'avait guère changé. Retourner au travail semblait un supplice.
Partir c'est mourir un peu … En revanche revenir était un peu comme retourner dans le passé, la routine quoi.

- « Ah j'ai oublié on vous récompensera néanmoins de bons, nobles et loyaux services avec une montre en quartz de chez… Au fait, j'oubliais de préciser qu'elle est très belle, en plastique avec le logo de la boîte, où cas où vous l'oublieriez…Et puis si vous la mouillez et qu'elle ne marche plus, ne vous inquiétez pas, nous vous en donnerons une autre.
Ces bribes de phrases entendues tout au long des dernières semaines, résonnaient dans sa tête. Même les magouilles de Dupont ne lui avaient pas échappées.
Le fameux jour de la réunion avec *les chefs honorés fumistes et empotés,* Chloé avait perdu une boucle d'oreille et après l'avoir cherché partout sans succès, elle décida d'aller jeter un coup d'œil dans le bureau en question. A la place ses yeux se fixèrent sur une documentation croustillants laissée sur le bureau. De quoi faire expédier certains d'entre eux, dont Dupont au Pôle l'emploi. Elle s'était enquiert soigneusement de l'affaire et découvrit qu'il était de mèche avec de hauts placés pour truquer les chiffes afin que certains employés ne puissent pas avoir leurs primes à cent pour cent.
. Elle décidait donc de moins s'en soucier, moins s'investir.
Valait-t-il la peine de faire la lumière sur les affaire foireuses de Dupont ?
Heureusement, il y avait Justine, elle venait se glisser dans ses jambes comme pour vouloir lui dire : « Eh ! Je suis là, reviens, tu n'es ni dans le passé ni dans le futur, je suis là avec toi, dans le présent ». Ces yeux profonds, ces poils de velours l'invitaient à la tendresse, au partage, à une relation sans parole

où le contact et le regard avaient leur langage. Ce monde de l'indéfinissable, elles le partageaient depuis des années. Cette chatte semblait lire dans ses pensées. Quand ces moments prenaient place, rien d'autre n'avait de l'importance. Une espèce de magie opérait en elle. Alors, les douleurs s'effaçaient, cette intimité sans mot avait comme principal facteur l'affection. Elle l'introduisait dans une vie plus profonde, plus intense, comme celle qu'elle vivait à ses touts débuts.

Il était très patient. Ces retrouvailles après le travail les transportaient dans une réalité nouvelle. Peu à peu, ils se voyaient plus régulièrement. Chloé changeait subtilement. Le travail ne faisait plus partie intégrante de sa vie. Ce n'était plus sa préoccupation principale. Elle marchait à petit pas dans ce nouveau monde de la création.

Les jours, les semaines et les mois s'écoulaient. Elle pesait le pour et le contre sur cette affaire et il fallait garder le travail pour l'instant.

Ces pauvres employés condamnés à ce triste boulot, la nécessité d'un travail, conjuguée aux réalités professionnelles, laissaient peu de place à la vraie vie pour ceux qui n'avaient pas la force de puiser dans leur for intérieur.

## Et la lumière fut

Le temps exerçait sa force en elle. L'inimaginable avait choisi demeure dans son existence. La peinture devinait une de ses préoccupations principales. La création était une force nouvelle, une nécessité pour son existence. Elle commença par prendre des cours de peinture. Deux fois par semaine elle traversait tout Paris pour se rendre à l'école d'Arts Plastiques.

Dans ses rêves les couleurs se manifestaient vigoureusement. Les images du Canada revenaient à son esprit et étaient source d'inspiration pour ses toiles. On eût dit qu'elles avaient dormi dans son esprit et que la vie les ramenait dans son présent. Des natures verdoyantes apportaient la joie dans sa vie diurne, elle retrouvait des tonalités oubliées ; l'ocre des feuilles, la transparence du blanc, la limpidité du bleu réveillaient en elle une énergie endormie jusqu'alors.

Très vite elle faisait des progrès. Son professeur de peinture regardait avec admiration et minutie ces touches finement posées sur la toile décrivant la nature. Il s'arrêtait souvent derrière son dos l'air studieux. Elle l'observait dire mot. Chaque unité de couleur racontait une histoire, elle savait analyser les contrastes comme pour les attirer et les repousser, elle donnait aux nuances, aux ombres une certaine force mystérieuse.

Chloé peignait des saules pleureurs dans des paysages surréalistes, les arbres semblaient si vrais. Elle les apprivoisait à travers ses pinceaux, elle puisait son inspiration dans la forêt, dans ses souvenirs lointains.

Kandinsky avait dit « Le vert absolu est la couleur la plus calme qu'il soit ». C'était si vrai, la forêt en était la plus grande manifestation de cet ensemble. Les souvenirs de forêt canadienne venaient imprégner son esprit.

Dans ses tableaux, des peupliers, des érables des platanes et des séquoias cohabitaient en harmonie, on aurait dit qu'ils touchaient un ciel d'automne d'une beauté translucide

comme une nappe baignée de quartz rose et de bleu de chine. Des formes sinueuses donnaient aux arbres un air de séduction. Elle savait transcrire sur la toile ce mystère et cette puissance que sont les arbres, leurs énergies et leur faiblesse transperçaient la vision de l'observateur devant appréhension d'un certain mystère qui s'en dégageait. Une chose l'obsédait, comment transcrire la beauté de la nature. Alors elle se mit à faire des recherches picturales et techniques. Kandinsky l'interpelait car elle aussi avait les mêmes préoccupations :
*- Le rouge et le jaune mélangés donnent de l'orange, où commence l'orange où finissent le jaune et le rouge ?*
C'était comme si les couleurs en s'unissant formaient des tonalités à l'infini…

L'élaboration du tableau était mouvement, recherche puis les couleurs resteraient figées. L'œil de l'observateur les réinventerait à nouveau, mieux encore, les capterait. Elle voulait comme transcrire la beauté en signe de transcendance ; laisser une trace.
« *le vert absolu est la couleur la plus calme qu'il soit* »

Ses toiles paraissaient porter un message. La peinture lui procurait une grande paix. A peine commençait-elle à mélanger les couleurs sur la palette, le monde autour devenait autre. Elle entrait ainsi dans un univers de quiétude et d'étrangeté. La perception sensorielle des objets semblait augmenter comme si sa réceptivité du monde grandissait. A certaines occasions je la guettais du regard, son visage était transfiguré, une lueur de sérénité remplissait ses yeux. A chaque clignotement de paupières on eut dit que ses cils répandaient de la poussière d'étoile. Ses traits changeaient, le rictus des lèvres bien des fois tiré et crispé se détendait

L'ensemble de son visage prenait alors une lumière que seul des génies pourraient peut-être traduire en mots. J'avais du mal à la reconnaître c'était une autre personne. Ses touches étaient parfois douces comme une caresse, parfois des gestes brefs accompagnés de coups secs venaient souligner des détails. Elle semblait comme aspirée par une brise fraîche du crépuscule. J'avais l'impression de sentir l'arôme des arbustes humides, les parfums de sous-bois, tant ils semblaient vrais. Elle trouvait dans cet art une manière de s'accomplir, de manifester sa profondeur.

De certains de ses tableaux un mystère pesant se dégageait…Le magnétisme de l'étrangeté les habitait. Puis selon le parcours de l'œil de l'observateur, ils laissaient entrevoir un autre monde plus clément plein de tendresse. Elle savait faire parler les paysages de ses toiles, les arbres savaient lui apporter une certaine forme d'amour dans leur beauté rare. Sa peinture avait un langage émotif émaillé de vigueur.

Ses centres d'intérêt en matière d'art pictural changeaient selon la vie, les émotions, l'inspiration du moment. Elle pensait à cette peinture de Chagall, *« Les amants de sureau »*. La vue de ce tableau la plongeait dans un monde onirique ; une sorte de paradis retrouvé. Ce monde était loin de la réalité. Il faisait partie d'une autre réalité, celui de l'abstraction, de l'art…

Les arbres étaient toujours présents, comme des témoins éternels de toutes nos réalités. Cette création végétale de l'univers l'accompagnait dans ce qu'elle voulait transmettre à travers ses toiles et qui venait du plus profond de son être.

Elle commença à s'intéresser aux portraits posés sur les momies égyptiennes, comme pour signifier la personne embaumée. Souvent quand elle visitait le Louvre elle restait intriguée devant ces visages énigmatiques, qui semblaient parler des ces êtres cachés.
Ombrage, perspective, tout semblait déjà avoir été inventé par les peintres égyptiens et romains.

Des centaines de portraits connus avaient été jetés suite aux pillages des tombes ou bien étaient réduits à de la poussière. Chloé cherchait dans ces fresques l'essence d'un visage. Sur le portrait de Démone par exemple ou celui d'Irène, la découpe irrégulière tranchait avec les touches de peinture. Le linceul avait été découpé pour être inséré sur une momie.

On aura dit le reflet du défunt. L'usage d'or était fréquent. Il simulait des bijoux et des parties de visages, ce métal qui servait à préserver de la corrosion avait une fonction magique protectrice. Ces hommes et ces femmes ne souriaient jamais c'étaient des guetteurs mélancoliques comme s'ils savaient qu'ils seraient admirés pendant des siècles par des vivants. Ils regardaient au-delà de la mort. Ce regard surgissait en dehors des sables pour atteindre d'autres regards : le nôtre ! Ils semblaient nous parler, comme le feraient les arbres !

Quels étaient les joies et les soucis de ces hommes devenus des momies ? Il y avait des secrets imperceptibles que seuls les archéologues arrivaient à déceler quelquefois. Chloé voulait s'immiscer dans ces vies, dans leur passé lointain. Capter, extraire leur sagesse pour la transcrire sur la toile. Elle restait subjuguée par cette bizarre combinaison entre une momie, un portrait quelque peu représentatif de la personne embaumée et ce troisième élément, l'observateur qui regardait. Toujours cet intérêt par le regard.

Cela ressemblait un peu à ce jeu de regard représenté par Velázquez dans les Menines. Multiplicité des regards, changement d'optique…

Chloé commença alors à peindre des momies endormies à coté des arbres regorgeant de vie, en utilisant la superposition de couches comme dans l'antiquité. Elle voulait montrer la vie et la mort côte à côte…Comme pour rendre cette différence plus poignante à travers les couleurs. La vigueur, la fraîcheur sortaient des arbres. Une riche palette de couleurs développait le tronc, les formes serpentines et capricieuses de ce gigantesque être vivant. Elle se heurtait à la difficulté de peindre les bandelettes de momies, Elles avaient perdu leurs couleurs d'origine, le blanc d'antan était devenu moche, décoloré, délavé, défraîchi par le temps ; un peu blanc cassé presque ivoire. Elle mit des semaines à trouver le ton juste.

Elle voulait représenter par la peinture le changement constant de l'univers, la vie la mort, le ciel la terre, la joie la tristesse. La peinture avait une force muette, dépourvue de son, elle parlait un langage particulier, un langage visuel, individuel à chaque être. Bien sûr il avait les codes et usages, les techniques, mais cette force, ce regard, ce message indéfinis qui se dégagent d'une toile restait énigmatique et faisait la spécificité du peintre. C'était ce je ne sais quoi qu'on n'apprend pas à l'école et que seul le don de l'artiste savait apporter. Elle se souciait peu de savoir si elle avait du talent ou pas, sa principale préoccupation était de créer, de représenter sur la toile sa vision du monde, de sentir que ses thèmes pourraient parler à l'observateur qui daignerait s'y intéresser et regarder d'un œil curieux et nouveau, affranchi du déjà vu, de ce que tel ou tel expert en peinture aurait pu dire. Elle rêvait de se retrouver un jour avec quelqu'un qui regarderait ses toiles, sans a priori ni préjugé, qui laisserait simplement parler son cœur et mettant son intellect en sourdine. Quelqu'un qui saurait aussi lui dire que tel ou tel tableau ne lui inspirait rien. Car c'était ça aussi l'art, savoir accepter les deux versants. Elle voulait inventer un langage que l'observateur de ses fresques pourrait décoder. C'était comme des hiéroglyphes à déchiffrer, avec d'autres messages et d'autres interprétations comme une sorte de mise en abîme de la vie en peinture ou des poupées russes. Une représentation du monde à travers le pinceau et l'œil avisé de l'observateur.

Il y aurait donc le peintre, le sujet du tableau puis le capteur de l'ensemble : l'observateur.

Elle voulait réunir le toucher, la vue, l'odorat, le tact et l'ouïe dans ses peintures. Pour cela elle devait amener nos sens dans le tableau à travers les couleurs.

« La nature a des centaines de milliers de messages à nous transmettre. C'est de là que nous venons et où nous retournons finalement ». Dommage qu'elle ne retrouvait pas l'auteur de cette belle phrase. Ce devait être un peintre certainement.

**La vie à deux**

La vie avec Guy la remplissait de bonheur et la peinture était devenue une vraie passion. Dans ses rêves, Guy la revoyait encore dans la baignoire.

Il la croyait à ses côtés. Plusieurs mois s'étaient écoulés depuis cette première fois et le souvenir restait intact dans son esprit.

Comment avait-t-elle pu deviner, pour les chants indiens ? Cette femme exerçait sur lui une grande influence. Elle lui avait même inspiré des idées pour son prochain projet. L'essence de la vie vivait avec eux, ils étaient amoureux.

Pendant qu'elle faisait mijoter une vieille recette de sa marraine, Guy continuait des heures durant, à travailler sur son scénario. Les idées impressionnantes de son partenaire semblaient l'inspirer à son tour mais sous une autre forme. Elle se décida de changer sa garde robe et opta par une allure plus décontractée en faisant couper ses cheveux. Un jour Guy l'avait vu entrer dans l'appartement en robe noire. Les colliers qu'elle admirait dans les vitrines sans jamais les acheter avaient fini par faire partie de ses accessoires. Ses nouvelles mèches rousses changeaient considérablement son visage. Une autre lumière l'illuminait. Son teint et sa nouvelle coupe, mettaient en valeur ses yeux bleus.

Quant à Guy, l'angoisse de la page blanche refaisait surface et des longues soirées de solitude obstinée le clouaient devant son œuvre. Malgré leur décision de rester sans télé pendant plus d'un mois et d'utiliser le téléphone à dose homéopathique, l'inspiration ne venait pas. Ce n'était pas quelque chose que l'on commandait. Il avait beau s'isoler, se couper des médias, le scénario avançait lentement. C'était un scenario de science fiction.

Les âmes des prochains bébés attendaient sur la nébuleuse rouge, avant d'être matérialisées en corps sur la planète bleue. Comme des œufs coucous nés dans des cocons de soie, ils étaient extrêmement nombreux. Ils avaient assimilés des millions d'années d'existence différente.
Quelle étrange halte ! Ils restaient suspendus, transis de froid, en transit vers une existence différente.
Ces fameux mi-poissons mi-oiseaux les protégeaient. Ils étaient aussi intelligents que nous, sinon plus. Les humains n'allaient pas s'en sortir comme ça. Non mais… Quelle idée saugrenue ! Atterrir chez eux pour polluer leur territoire avec nos poubelles !
La fin de l'année touchait à sa fin. Les cours reprendraient en septembre prochain. A sa plus grande surprise, son professeur lui avait proposé d'exposer dans une galerie, non loin de chez elle. Chloé n'en revenait pas. Elle passait la plupart de son week-end à peindre.
Elle avait aménagé une pièce à cet effet. La musique l'accompagnait : Chopin, Liszt, Schubert. La musique ressemblait un peu à la peinture en ce qu'elle a de colorée et tonifiant. Elle sait vous éveiller, vous transporter.
    La canicule l'avait vite obligé à émigrer vers son balcon. Certain week-end elle partait à la campagne, pour respirer, se ressourcer et continuer à peindre. Au mois d'août, elle se laissait surprendre par des trombes de pluie torrentielles qui la faisaient fuir soudainement lui laissant à peine le temps de prendre son chevalet et sa toile, pour partir en courant à travers champs.
Quel plaisir de sentir cette force naturelle et vigoureuse, presque endiablée !
    Elle voulait capter la lumière au détriment de la chaleur écrasante. Essayer, toujours essayer. Comme l'avait si bien dit le peintre Francis Bacon :
  *« La beauté de la nature est la plus majestueuse qu'aucun peintre ne puisse exprimer ».*

Tout à coup à moitié éveillée, des images du passé vinrent à son esprit : les éléments naturels l'envoûtaient.
La vie, la vie, oh ! Quelle béatitude étrange la transportait dans la plénitude ?
Eté 2005 Madère au nord est de l'île.
Ce silence ineffable des étoiles était un cadeau de Dieu. Les lueurs lointaines des soleils éteints se confondaient avec le sourire de la lune. Mais au loin brillait Mars, d'une couleur bien à elle. 65000 ans avant elle avait certainement souri à l'un de ses congénères. Aujourd'hui, ce rendez-vous éternel ne durerait que quelques minutes. Quand elle reviendrait à nouveau, quand quelqu'un la reverrait depuis la terre, cette planète convoitée, par une belle nuit d'été, habitée déjà peut-être par les hommes. Chloé serait partie loin pour devenir poussière d'étoile.
Ces divagations étaient le terreau pour produire ses toiles. Je m'amusais parfois à la questionner :
- Que vois-tu devant tes tableaux ? Ta vérité, la vérité ou des simples traits de pinceaux ? Lui demandai-je
- Quelle que soit ta réponse, il y aura toujours une subjectivité latente.
Elle restait pensive et me fixait avec ses grands yeux sans répondre.
- Les parfums de ton âme te feront voir une vérité aujourd'hui, celle que nous cherchons tous. Elle vient à nous souvent et nous habite puis disparaît puis se cache à nouveau, puis pendant ce laps de temps, nous voilà perdus à nouveau dans le labyrinthe de l'existence.

Les semaines et les mois s'écoulaient doucement. Elle ne voulait pas d'une relation banale, et surtout, surtout elle voulait fuir la routine, la bannir de son territoire.
La télé, à prendre avec des pincettes… Fini l'ennui, la morosité, les douleurs remémorées, la fichue force de l'inertie qui savait si bien s'immiscer dans la vie. Elle en avait assez avec tout cela !

Elle ne voulait surtout pas ressembler à ces femmes insipides qui se réunissaient une fois tous les quinze jours pour finir indéfectiblement par causer de leurs hommes : « Il est ceci, il est cela »

Et la routine… Non, elle voulait la balayer. « Les clés sont bien sur la petite table de l'entrée, chérie ? Et le chien, tu le sors… Il est six heures ! C'est l'heure ! »

« Le feuilleton à épisodes va commencer, tu allumes la télé ? »

Cerveaux, dehors ! Du moment où il n'y pas de panne d'électricité… Si la télévision n'existait pas il faudrait l'inventer pour amadouer la masse ! C'était une vraie camisole cathodique…Le pire est que cette foule est prise dans le piège, dans la matrice, elle ne s'en rend même pas compte…

L'accabler, la saouler, la faire tourner en bourrique, lui donner de quoi discuter le lendemain, voilà ce qu'elle constatait autour d'elle. Pure médiocrité.

Berk ! En fait, ce qui était de mise : une ouverture à soi-même avant toute chose… Seulement, elle ne pourrait pas discuter de cela avec ses copines qui la qualifieraient d'intello hors jeu.

Ce qui était de mise…. A ton avis ? Qu'est ce que tu dis là, pas de différence, tous pareils ! Et la conversation serait close avant même de commencer. Certes ils avaient beaucoup de points en commun nos chers hommes, mais de là à penser qu'ils étaient tous pareils, pensait-t-elle.

- Vive la télé et rien d'autre Chloé ! Ils sont tous pareils, je te le dis, répéta l'une d'elles meurtrie par des échecs sentimentaux à répétition.

Quand la discussion arrivait à terme, Chloé se demandait parfois si ces copines n'avaient pas un peu raison par rapport à la gente masculine…

- Qui vivra verra !

Quant à son envie de se lancer sérieusement dans la peinture, elle osait à peine en parler autour, sous risque de voir son projet réduit en miettes par des saboteurs en apparence inoffensifs. Comme ces idées noires qui se glissent sournoisement, comme des microbes, les langues ne tarderaient pas à se délier pour proclamer leurs avis. Les rabat-joie s'extasieraient à lui inventer un futur sans promesse de succès.

Sa voisine, qu'elle aimait bien d'ailleurs, avait la manie de se gratter l'oreille gauche en moyenne dix fois toutes les cinq minutes. Malgré ses réserves Chloé avait osé lui en parler.

- Quoi ! dit Georgette, une amie de sa mère, la bouche grande ouverte :
- La peinture, tu veux dire peindre les murs ?
- Non mais tu plaisantes ! On ne vit pas de ça ma petite, tu vas galérer. Tu devrais continuer ton train-train, ça ne va que t'attirer des ennuis !

Pauvre femme, perdue dans sa médiocrité, démissionnaire d'une autre vie, contente d'être prise dans le piège…Quant à son frère, ce n'était pas mieux. C'était un garçon apathique et sans ambition, inintéressant à l'extrême.

- Qu'est ce-que tu dis là ? Tu ferais mieux de récurer les casseroles, d'extirper le miasme, la crasse, la saleté, de peindre le balcon… Tiens, ça serait mieux ! s'évertuait-il à assener dès que son esprit d'artiste pointait du nez.
- Tu es infect ! Mais non ma petite sœur, je vais te ramener à la triste et dure réalité !
- Tu l'enlaidis davantage avec tes propos !
- Surveille ton vocabulaire, lui dit-t-elle le visage rouge de colère.
- Tu crois qu'on ne peut pas rêver, le monde à besoin de rêve, de poésie pour enrayer la laideur des hommes ; la promesse des lendemains meilleurs est toujours possible.
- Et tu crois que tu vas y parvenir ?
- Qui sait ? Je peux essayer. D'autres y sont bien parvenus.

Pourquoi laisser ses rêves endormis ? Pourquoi ne pas leur donner vie ?

- Rêve toujours ! lui lança son flegmatique frère.

- Mon pauvre frère, tu es si terre à terre, si terne que tu deviens mortellement     ennuyeux. C'est pathétique.
- J'n'ai pas besoin de saboteurs comme toi et Georgette ! Qu'est-ce que vos croyez, que je veux passer ma vie à supporter les niaiseries des autres, leur pessimisme maladif ? Ce temps-là est révolu !
- Sans compter les faux-semblants de ceux qui font comme si ils s'intéressaient à mon travail et ne prennent même pas la peine de le regarder en détail.
- Vive le calme et la solitude, je n'ai pas besoin de vous pour avancer.  Au contraire, je régresse à vos côtés !

- Leur faire entendre raison était aussi dur que de faire évoluer un minéral vers une forme végétale. Son frère avait du mal à sortir de son état léthargique et ne parlons pas de sa voisine.
 Bon, je m'arrête. Je ne veux pas te voir pleurer. Des saboteurs il y en à la pelle…
- D'accord, mais ce n'est pas pour ça qu'il doit me parler comme ça. C'est mon frère quand-même.
- Tu sais ce qu'on dit sur la famille. On ne la choisit pas….

Elle continua à prendre des cours de peinture pendant deux ans. Entre elle et Guy l'amour grandissait, il s'enrichissait. Leurs goûts artistiques se nourrissaient mutuellement. Leur fraternité artistique et créatrice les unissait jour après jour.
Chloé persistait à chercher, à explorer des nouveaux peintres, des nouvelles techniques. Des tableaux inconnus de grands artistes comme Matisse « *la femme au chapeau* ». C'était l'un de ses préférés.

**David**

Jusqu'à maintenant l'homme avait inventé toutes sortes de remèdes contre les maladies, malheureusement la plus mortelle de toutes restait vivante, coriace comme une mauvaise herbe : l'à priori. Il ne comptait pas se laisser intimider par des gens aigris.

Il fallait trouver de la matière, il y en avait partout, comme la terre, l'argile, il fallait la travailler la modeler, lui donner une forme : comment la rendre intéressante ? Les hommes bleus exterminés par les humains, déjà vus. La poubelle transformée en matière recyclable par un procédé secrètement gardé…Qui sait ?

Guy se sentait un peu en panne, comme si son imagination l'avait quittée. Un besoin incontrôlable d'aller à l'hôtel le prenait…Les hôtels... New York, Paris, Londres. Barcelona, San Francisco.

Il y avait dans ces endroits là, une certaine atmosphère qui l'incitait à écrire. Seul devant son portable, un verre de whisky à la main, les lumières de néon à la fenêtre. Cette atmosphère l'inspirait. Les quelques idées que Chloé lui avait soufflées prendraient corps à l'hôtel, dans cet endroit neutre, austère, seul devant la page blanche.

Puis soudain, il se ressaisit, se rendant compte qu'il pouvait aussi écrire là. Au moins, faire une lecture en diagonale et repérer les erreurs. La suite viendrait plus tard. En attendant il fallait avancer. Quatre heures étaient passées sans qu'il ait mit le nez dehors.

La nuit tombait sur le boulevard, Guy voulait un avis extérieur.

David un ami de longue date, venait de rentrer de ses multiples voyages. Il décida de l'appeler.

- Salut David comment ça va ? balbutia-t-il.
- Ce n'est pas la grande forme ? Je sens ta voix un peu lasse.
- En ce moment je travaille beaucoup.
- Qu'est ce qui se passe ? rétorqua David.
- Et toi Guy, cela fait des mois que je ne t'avais pas eu au téléphone
- Je voudrais te voir, j'aimerais ton avis sur mon nouveau scénario, je t'envoie une copie pour que tu y jettes un coup d'œil.
- Très bien Guy, je te rappellerai dans une quinzaine de jours. Nous irons au restaurant. J'en ai découvert un très bien, vers la place Clichy. C'est d'accord.

C'était un vrai homme d'affaire, parcourant le monde de mission en mission. Sa voix rauque le trahissait, derrière elle les rides d'une grosse fatigue. Il pouvait rester longtemps sans donner des signes de vie. Puis sans crier garde, au bout de quelques minutes au téléphone il vidait son sac, le plus naturellement du monde. Beaucoup de femmes auraient voulu partager leurs jours avec lui.

La nuit jetait son manteau noir sur l'avenue de Clichy. Au loin on pouvait apercevoir une splendide porche blanche garée en face du cinéma Wepler. David attendait à l'intérieur. Il écoutait « *Diez y nueve Dias y quinientas noches* » à la radio (19 jours et 500 nuits) chanson espagnole de Joaquin Sabina.

Des histoires rocambolesques avaient eu lieu dans ce même restaurant avec des gens très célèbres. L'endroit était beau, sobre et élégant. Une fois installés et débarrassés de leurs vestes, David prononça ces mots :

- Pour commencer en beauté que penses-tu d'un château la lagune domaine du médoc 1982 ?
- Plus la vigne est âgée plus le terroir s'exprime, tu vas le voir et comme du petit lait, continua David d'une voix solennelle.
- Tu ne te refuses rien… Dis donc !

- Allons, ça me fait plaisir. C'est l'occasion rêvée que de le déguster avec un ami. Il dormait dans ma cave depuis trois mois. C'est un cadeau d'un de mes clients. Je connais le patron. A la fin je lui garde deux bons verres et il me laisse la consommer dans son restaurant. On se connait depuis des lustres. C'est un bon copain à moi. Et puis, il faut avouer que devant une telle aubaine on ne va pas faire la fine bouche.
- ça alors, tu sais y faire…..Après avoir examiné le menu, il le lisait à haute voix :

> *Foie gras aux truffes blanches*
> *Lotte à la plancha aux citrons confits*
> *Tarte à l'abricot renversée*

- Je prendrai du lapin à la place du poisson, s'exclama Guy. Il sourit et but une gorgée de vin goulument.
- Délicieux, grande personnalité, doux au palais, tanins prononcés… Un grand cru !

Il s'était déjà servi deux verres et la mélancolie s'installait.

- Où en es tu de ta vie privée demanda Guy en lisant une certaine ardeur dans ses yeux gris. Cela faisait des mois qu'ils ne s'étaient pas vus. Ses cheveux avaient poussés et on devinait quelques mèches blanches près des tempes.
- Ah !…Optimiser en tenant compte de la volatilité, voir la durée de placement et tout ça à partir de cent mille euros sinon rien, donc loupé pour moi…
- Tu es déjà soul, David ? s'exclama Guy dérouté par son registre et ses propos.
- Pas vraiment, disons que je parle plus aisément une fois que ce doux élixir descend à travers ma glotte.
- Tu m'aurais étonné… Tu vois, vive le capital, à bas les petits… Vraiment, ça ne change pas. Ils ont beau vouloir nous remplir le crâne des possibilités, ce n'est que de la M….lança David. Silence métallique
- David, je te parle de toi, de ta vie personnelle pas du business !

- Je consacre tout mon temps à mon travail, mes nombreux voyages : Colombie, Algérie, Djibouti, Madagascar, Cambodge, pour n'en citer que quelques uns.
- Je travaille à la banque mondiale et d'autres institutions. Je suis entouré de gros poissons, gentiment déguisés en hommes remarquables…
- Mais je sais tout ça… Et l'amour ?
 -Côté femme ce n'est pas triste. Le net fut un rêve efficace… En un an, j'ai rencontré une trentaine de femmes. Je les repartis en trois groupes à peu près égaux en nombre :
- Attend, tu plaisantes, j'espère !
- Et Babette dans tout ça ? C'était sa femme. Guy l'avait côtoyée avec lui à la fac.
Il continue comme s'il n'avait pas entendu la question.
- Tu crois vraiment que je plaisante ?
- Le premier groupe : celles qui deviennent instantanément ou presque amoureuses de moi mais qui ne m'attirent pas du tout physiquement, soit que j'aie l'impression de me promener au bras de ma grand-mère (c'est fou le nombre de femmes qui se font passer pour vingt ans de moins sur leur fiche) soit que simplement elles ne me paraissent pas sexy)
- Le deuxième groupe : celles qui me plaisent tout de suite, et qui refusent de me revoir.
- Comme tu le sais, je ne suis pas très beau, et mon ventre s'épaissit déjà un peu. L'avantage de la laideur sur la beauté, c'est que celle-là ne s'estompe pas avec l'âge.
- J'espère que tu plaisantes !
Guy continuait à le regarder d'un air circonspect.
- Enfin, il y a le groupe 3 :
- Les russes, j'en ai rencontré neuf, et j'ai encore deux correspondantes de longue date que je n'ai jamais rencontrées. Dans celles que j'ai rencontrées, deux ne m'ont pas attiré et je n'ai pas plu aux deux autres.
Trois autres m'ont beaucoup plu et m'ont apprécié aussi. Nous avons assisté à des concerts, partagé des livres…

-Ouah, ça alors ! Moi qui cherche à m'inspirer. Je crois que ton histoire dépasse la fiction, lui dit Guy.
- On peut dire, que j'étais loin d'imaginer tout cela. Et dire que je me croyais original, tu m'as complètement bluffé.
- Je devrais peut-être changer de genre, laisser tomber la science fiction, répliqua Guy, les yeux écarquillés.

- Mon cœur est un désert ravagé, et me plonger dans l'amour de deux adolescents survoltés ne suffit pas à me satisfaire. C'est même souvent ingrat et désespérant….
- J'ai besoin d'amour. Comme je verse une pension démente à mon ex, travailler a été une drogue me permettant de résoudre à peu près mes très sérieuses difficultés financières, et surtout d'oublier mes déboires affectifs.
- Mais enfin David, comment est-ce possible ?
- Descends de ton nuage reviens dans le monde réel.
- Pourquoi m'as tu rien dit ?
- Ah ! Le virtuel, le virtuel…
- Tiens, toi alors, tu n'es pas vraiment bien placé pour parler de ça.
Ils prirent à nouveau le dernier verre de Bordeaux, pensant que ce bon breuvage leur porterait la chance. Guy cherchait surtout l'inspiration.
- Tu n'as pas beaucoup de vertu dans ton monde virtuel ! Je te parle de toutes ces femmes. Ce n'est pas possible… ce n'est quand-même pas des biscuits sur un rayon de supermarché ! cria-t-il révolté.
- Presque, dit-t-il sans vergogne.
- Quoi ! Ah non, tu me déçois.
- Quoi, c'est la vie, c'est la société…C'est la consommation.
Tu n'as pas plus poétique, moins moche ? dit Guy à David.
Silence métallique.
- Ecoute, c'est bon arrête-toi !
- Comment ça arrête-toi ?

Elles sont là, disponibles comme de la chaire fraîche.
- Là, tu deviens grotesque.
- Et toi, comment vont tes amours ?
- Je n'en ai qu'un.
Motus
- Comment s'appelle-elle ?
- Motus
- Parlons plutôt de mon scénario, qu'est ce que tu en as pensé ?
- Un premier point positif, déjà. Je l'ai lu d'un trait. A première vue, c'est pas mal…mais il manque quelque chose un peu de sang peut-être. Tu sais, je serai implacable.
- Justement, c'est ce que je veux, j'ai besoin d'un regard extérieur.

Guy resta sidéré. Les propos de David semblaient invraisemblables. Traiter les femmes de la sorte c'était se manquer de respect envers lui-même par dessus le marché. Quelle étrange lassitude l'avait plongé dans de tels comportements abjects. Etait-ce son divorce avec Babette ?
La pourriture du monde contaminait de plus en plus le cœur des hommes. C'était comme une pandémie douloureuse, un virus réel qui traversait l'écran cathodique du virtuel sans vertu…Une toile, des milliers de gens abîmés.
- Ah le virtuel. Internet c'est un moyen pas net du tout pour certains, lui lança Guy.
Cette technologie sans fin allait vaincre la timidité, résoudre l'essentiel des problèmes des hommes de ce siècle sans limite. C'est ce que l'on croyait, du moins jusqu'à maintenant.
David était une fashion victime des sites. Quelle triste illusion. Toutes ces femmes et ces hommes en mal d'amour, chercheurs de l'essentiel, prêts à tout pour le trouver…
Seulement, on ne trouve pas toujours ce que l'on cherche, mais plutôt des choses qui peuvent vous faire plonger dans des aléas insensés.

- Tiens par exemple, qui l'eut cru ! Toutes ces nanas anonymes, triées sur le volet par l'œil fin de David : charmante, intelligente, irréprochable, bien sous tous rapports, qui avaient tout pour elles finiraient dans cette nouvelle, à côté des extraterrestres, des beaux tableaux de Chloé, de l'imagination vertigineuse de mon auteur.
- Ah ! Vraiment,….Elles sont là dans les mêmes pages les unes à côté des autres. Mon auteur les a réunies. Elles ne se connaissent pas entre elles, comme ces personnes dans la rue que l'on croise et auxquelles on ne parle pas… Comme ceux qui se croisent sans se voir…Pas le temps, pas d'envie ! *Fire and forget.* Au suivant !

Souvent la fiction et la réalité se rejoignent. Elles se côtoient comme de bonnes voisines, l'une entre chez l'autre, souvent nous ne savons plus chez laquelle des deux nous sommes. Elles se frôlent, se voient, se croisent. Quelquefois, elles ne se voient pas et pourtant elles sont là, l'une face à l'autre…Peut-être en Russie ces femmes se sont croisées dans les rues de Saint Petersburg sans savoir, sans *le* savoir…

- Je devrais puiser dans le net. Il y a de l'avenir là dedans ! fit Guy le visage décomposé.
- Oh oui, beaucoup de chose à venir !

Les affres pestilentielles des douleurs enfouies reflétaient des comportements libertins. Le libertinage à outrance enlevait toute la poésie à la vie. Cette consommation surenchérie du corps, « fire and forget ». Au suivant ! Si l'ironie du sort l'avait voulu et que l'une de copines de Chloé eut été là à écouter ces confessions insensées, elle aurait crié d'un cri strident et vigoureux.

- Eh oui Chloé, les hommes sont des bêtes de sexe !

Il était déjà 23heures. Ils se quittèrent devant la belle voiture blanche. Guy tourna les talons et repartit en direction du métro. Ce qu'il venait d'apprendre le laissa muet et même ses pensées semblaient s'être arrêtées. Il essayait de comprendre l'attitude de son ami.

* Diez y nueve DIAS Y QUINIENTAS NOCHES chanson de Joaquin Sabina, chanteur espagnol très célèbre en Espagne
* fire and forget dégagez y a plus rien à voir, au suivant
**56 millions d'années lumières**
Le scénario de Guy.

Vous, moi, nous avons tous été hydrogène un jour : difficile de s'intégrer dans cette planète de débiloïdes !
- Voyons, tu piques trop !
- Scorpion par hasard ? Non, simple être, dégoûté de son environnement.
- N'oublie pas qu'on a beau être civilisé, nos gènes contiennent l'essence de la sauvagerie d'antan.
- Imagine un autre monde ! Chloé sembla interpellée par ma remarque.
- Oui, un monde moins violent…
Ces bébêtes elles ne vont quand-même pas finir comme nous…
- Comment ça ?
- Rien !
- Tu sais que j'entends tout, je suis partout, j'ai écouté la conversation entre Guy et David hier soir.
- Il veut de la violence. Il le lui a suggéré.
- De quelle violence parles-tu ? Il y en a de toutes sortes….
- Oui, t'as raison…

Besoin de chocolat chaud, d'odeur de cannelle, de flocons de neiges, qui glissent sur la fenêtre… Voilà de quoi il avait besoin pour combattre la lourde réalité et la déprime qui lui pendait au nez.

Cet homme là était intoxiqué de consommation. A croire que tout devait passer par l'absorption des choses. Une insatisfaction grandissante et toujours présente l'accompagnait.

Le scénario de Guy semblait lui plaire, un peu rocambolesque certes. En le lisant, il crut trouver des ressemblances avec sa vie. Allait-t-il lui aussi essayer de se

cacher de toutes ces femmes ou bien succomber comme à son habitude, à l'insoutenable pour assouvir ses envies ?
Cette quête d'absolu le menait à sa perte. Les cocons au moins avaient compris…Fallait-il attendre cinquante six millions d'années lumière pour comprendre !
Guy ressentait de la compassion envers son ami. L'incapacité à se fixer, à vivre, l'hésitation permanente l'avait entraîné vers une mauvaise pente.
Bon voyons d'un peu près ce scénario.

Mars express effectue de nombreuses analyses à distance, afin de confirmer une idée reçue. Il y a des traces d'eau sur la planète rouge. Si mars a eu de l'eau sous forme liquide, il y a donc eu de la vie. Pour confirmation, les robots américains Oportunity et Spirit ont fait des photos d'une roche contenant une très grosse concentration de sel, donc de l'eau. Le pôle sud de la planète rouge est recouvert de glace, pour connaître avec certitude la calotte martienne, ils ont étudié une roche, d'il y a 3,8 millions d'années, dans le sous-sol il y a de l'eau. Grâce à un capteur spécial, Mars Express, on pourra confirmer la présence de l'eau et peut être la présence de la vie sous forme de bactéries. Des tempêtes de sable ont été repérées, il y a donc de l'air, du vent donc des printemps, donc des saisons.
Il y a du méthane. D'origine volcanique ou biologique ? Mars n'est peut-être pas tout à fait morte. Une autre mission en cours pourrait en apporter la preuve.
Cette mission est arrivée dans l'atmosphère de titan, le satellite de Jupiter, l'atmosphère de titan est comparable à celle de notre planète.
La sonde a découvert des traces noires, des rivières creusées par du méthane.
Il y a un relief avec une forme un peu arrondie qui pourrait être la forme active de ce volcan. Reste un mystère néanmoins, si les temps glaciaux de titan empêchent la vie, il y a

peut être des bactéries sur mars auquel cas, les bébêtes pourraient y trouver refuge…

Jusqu'à maintenant des informations scientifiques, des faits réels et après….

Tout ceci ne nous permet pas de savoir si les cocons d'âmes se trouvent dans ces contrées…Ils étaient en suspension, des matières en suspension dans le vide cosmique.

Il y avait une immense surface glacée autour de la structure. Peut-être que leur localisation se trouvait par là…Vers les nuages originels, avec des acides aminés qui ont fabriqué les protéines. Jupiter est mille trois cent fois plus grand que la terre.

- Tiens, tiens, pas mal pour aller se cacher…

Saturne avec ses anneaux 9 fois plus grands que la terre à plus de 1000 millions de kilomètres de la terre, planète géante gazeuse, elle est composée de gaz et sa gravitation est très forte, tous les astroïdes qui passent près d'elle sont écrasés. Il y aurait-t-il une piste par là ?

Non, trop dangereux !

La sonde Cassini a photographié un satellite en orbite qui empêche que les anneaux disparaissent. Les petits astroïdes se comportent comme un mur extérieur, encore une preuve de l'intérêt de mission des explorations spatiales.

Uranus est composé de méthane liquide. Neptune composé d'atmosphère, de méthane, et d'hydrogène. Pluton a de la poussière et de la glace.

Ils avaient des informations riches dignes d'une bibliothèque plus grande que celle d'Alexandrie.

Cela étant, l'équipe spatiale d'humains continuaient leurs recherches.

- *Ici base de la tranquillité l'aigle a atterri.*
- Nous n'apercevons aucune trace de vie pour l'instant. Quelqu'un nous a informés de la présence d'âmes qui adopteraient la forme humaine. Pour l'instant rien à l'horizon.

- Ils ne vont pas nous trouver si facilement pensèrent les cocons.
- On va leur mener la vie dure…

Les futurs bébés s'amusaient en voyant les prouesses humaines. Comment l'homme avait-il réussi à venir jusque là… Ils avaient une intelligence surprenante. Combien même, la nébuleuse rouge restait introuvable, quelque part dans la galaxie, un personnage éberlué pourtant très intelligent avait égaré les cartes spatiales susceptibles de les repérer…
- Ah, les impondérables Le chef de mission était ailleurs, noyé dans ses préoccupations personnelles, au point d'égarer les cartes de bord.
- Tu imagines, s'ils commencent à nous chercher dans toute la galaxie.
- Tant mieux, comme ça ils ne nous trouveront jamais…S'ils ne nous trouvent pas, pas de pollution, ni physique ni psychique….
haha  haha !
- Tu sais, ils ont la vie dure, l'obstination peut devenir un défaut. Tu verras, ils finiront par nous trouver, ces *« humains sans cœur »*.

Cela restait à voir. Il y a 250 millions d'années la plus grande extinction massive avait eu lieu. Pourquoi cette disparition soudaine ? La dernière en Afrique du sud, il y aurait eu un endroit où se seraient rassemblés les mammifères à cause d'un environnement extrêmement chaud. En Chine, 95 % s'éteignirent aussi, un mystérieux épisode serait survenu, accompagné d'un grand manque d'oxygène. Une catastrophe exceptionnelle pour causer un tel désastre. En Sibérie du sud par exemple : à 3000 mètres de la surface, un socle dense a révélé des laves solidifiée d'il y a 250 millions d'années. Cette étendue de lave se plongeait jusqu'à la Sibérie centrale, l'expansion de cette couche de lave est de 4kms.

Le coup de grâce, une chute massive de la concentration d'oxygène, exemple ; dans l'antarctique.
Après l'épisode d'extension massive, la vie a mis très longtemps avant de refaire surface…
- Donc, manque d'oxygène. Tiens !
- J'en doute !
- Tu ne les connais pas, il y a trop d'ordures chez eux, il faut bien qu'ils la jettent quelque part…
- c leur manie de destruction, on risque gros…
- Pourquoi chez nous ? demanda l'un des cocons. Cet endroit est spécial, et puis, après ce qui s'est passé il y a 250 millions d'années, qui te dit qu'ils ne sont pas en train de préparer le terrain.
- Tu sais bien, pour déblayer, il faut nettoyer et jeter, jeter tout ce qui n'est plus bon, tout ce qui nuit, chez eux le recyclage ne représente qu'une infime partie…
- C'est parce qu'ils savent que nous avons des éléments essentiels… Non seulement ils viennent déposer leurs saletés mais en plus ils viennent extraire nos richesses !
- Leur logique ne change pas, la même depuis des siècles. Et c'est bien cela le drame !
- Les français, les hollandais, les portugais, les espagnols ont fait la même chose dans les colonies. Tous pareils !
- C'est affreux, il ne faut pas qu'ils nous trouvent, autrement nous serions fichus, abîmés par l'homme, laissons-le nous chercher à l'infini. C'est parti pour… On va leur mener la vie dure !
- Tu imagines des millions et des millions de kms à parcourir avant de nous trouver. On a de l'avance… Notre nature transparente les empêchera de nous trouver.
- Tu crois ? Ils sont très malins et très avancés. Je suis sûr qu'ils doivent avoir des machines pour nous détecter…
-Nous sommes constitués d'un élément qu'ils n'ont pas…
- Alors, tu penses qu'ils finiront par savoir….
- Ah, Reste à voir !

Les bébés n'étaient pas encore nés. Ils communiquaient entre eux par télépathie leurs âmes séjournaient dans une autre planète à l'abri des douleurs terrestres, des joies… A l'écart des vivants. Ils existaient sous une forme inconnue des hommes. Seules leurs âmes vivaient sans corps. C'étaient comme des petites lucioles. Elles étaient là, elles semblaient flotter dans leurs cocons géants comme dans des mailles gigantesques…Ils avaient un atout redoutable, comme le nôtre : la pensée. Leur destin d'âmes pourrait être bouleversé par l'arrivée des hommes.

David s'arrêta net de lire et jeta le scénario sur la table

- Non, ce n'est pas assez bon.
- Comment ? Tu trouves ça pas bon…répliquait Guy.
- Je ne sais pas, il manque quelque chose.
- Un peu de sang, de violence.

- Pourquoi donc ? Déjà vu…
- Pourquoi faire comme tout le monde, pourquoi ne pas essayer une autre issue ?
- Nous n'allons pas refaire le même genre de films commerciaux. C'est une manie. Tu veux dire plutôt une manne financière…
- Tu ne crois quand même pas qu'il faut recommencer pareil ailleurs…
- Tu as raison, nous vivons dans un monde de brutes.
- Crois tu que tes personnages ne tomberont pas dans le même piège que nous ? Penses-tu qu'ils sauront traverser le mur de l'égoïsme, se dégager des convictions, traduire la peur en confiance, se défaire de l'angoisse, de l'attente ?
- Tous ces vilains défauts ?
- Tu veux aussi leur donner des sentiments.
- Justement, ils n'entrent pas dans les dérives des sentiments. Ne risquent-ils pas de les attraper au contact des hommes ?

- Ce ne sont que des âmes…
- Comment ça QUE DES AMES ? Se leva Guy rouge de colère.
- Te voilà bien terre à terre. C'est peut être là toute la question. Ils sont l'essence de l'être.
- Dans ce cas là, je suis sûr qu'ils sauront…
- Ils sauront quoi ?
- Ils sauront, du moins pendant leur séjour de quelques siècles dans la nébuleuse rouge. Ils sauront ne pas nous ressembler. Ne pas être aussi stupides que nous.
- Tu les idéalises tes personnages ! lança David un peu exaspéré.
- Non… Ils sont tout simplement différents, supérieurs à nous.
- Pourquoi alors s'ils sont si parfaits, pourquoi est-ce qu'ils … ?
- Ah, là est tout le mystère. Le chaînon manquant dans la compréhension de l'ensemble.
- Ils auront peut-être la chance de ne pas nous ressembler… Qui sait…
- Il faut que tu m'aides à le trouver ce fameux chaînon.
- Les lecteurs le trouveront sans problème.
- Ils comprendront tu verras, il leur suffira d'éteindre la télé pendant une semaine, de commencer à se désintoxiquer !
- Que dis-je, quelques soirées d'abstinence cathodique c'est largement suffisant…

Ces projets de vie suspendus dans l'immensité de l'univers, quelque part, invisibles dans l'espace sidéral faisaient pétiller l'imagination de Guy et par moments, il pensait au postulat développé par l'un de ses auteurs préféré :

***Rien d'autre n'était plus important dans l'univers que l'amour.*** En réfléchissant il se demandait si David connaîtrait un jour la possibilité de se libérer de son addiction virtuelle.

Le laissant continuer sa lecture, Guy plongeait son esprit sur son travail de scénariste et ne pouvait s'empêcher de penser à son ancien camarade de fac. Pourquoi donc ces dérives, ces quêtes stériles et épuisantes, se leurrant dans le sexe. Sans amour, elles n'étaient rien non plus…L'ordre des choses était renversé. Comment faisaient-ils pour s'engluer à ce point ?

Nous sommes encore à l'état du singe, avide et stupide, cherchant toujours à posséder, négligeant l'essentiel. Je restai circonspect en constatant que je m'étais trompé. Ma première impression sur Guy était fausse. Ce n'était pas un homme superficiel comme je l'avais cru.

Eh oui, même les narrateurs peuvent se tromper.

Plus d'une heure s'était écoulée, David restait silencieux et regardait Guy longuement sans un mot tandis que ce dernier réfléchissait les yeux fermés. Une phrase apparut soudainement à son esprit, il l'avait lue dans un livre abandonné par quelqu'un à l'aéroport :

*L'homme compatissant est bon même en colère, dénoué de compassion, il tue avec le sourire » poète tibétain SHABKAR*

Son copain l'examina à son tour, de la tête au pied, sans savoir quoi dire essayant difficilement de ne pas le juger.
Ces femmes étaient pour lui une illusion cachée derrière son cerveau droit. A ces côtés, cet homme épuisé pensait avec le peu de neurones restants. Il imaginait des choses impossibles à raconter, tandis que sa compagne, celle que l'on présentait en public, était à des années lumières d'imaginer une telle ignominie, si courante de nos jours. Cet homme l'aimait à sa manière, une manière étrange, incompréhensible à ses yeux de narrateur scénariste. Comment pouvait-on avoir des sentiments, ne pas savoir où on en est, rester avec une femme, et en chercher d'autres en même temps ? Son amie avait dit vrai :
*Quand un homme vous quitte il a déjà une deuxième dans l'antichambre*
Etrange la psychologie masculine.

Guy avait beau être un homme, il ne comprenait pas son ami. Son comportement le laissait perplexe. Où était-il passé ce jeune et brave camarade d'école, ce gaillard imposant. Que restait-t-il de lui ? Forte heureusement, tous les cerveaux de mâle ne fonctionnaient pas pareil.

Les cours de Spinoza n'avaient pas laissé une empreinte durable dans son cerveau de macaque primitif…. Les pulsions inférieures l'avaient emportée…Sa candeur d'antan avait disparu. Il se rappelait du jeune David qui passait son bac avec lui à Henri IV. Il s'était retrouvés sur les bancs de la fac puis la vie s'était chargée de les séparer à nouveau. Ils étaient restés des années sans se voir et se contactaient peu.
Les aléas de la vie l'amenaient vers une dérive. Il voulait s'interdire de le juger cependant l'incompréhension gagnait du terrain.

David lui faisait penser aux préceptes de Nietzsche dans « Au delà du bien et du mal » : « Un jour peut-être les concepts les plus solennels, ceux pour lesquels on a le plus combattus, les concepts de Dieu et du péché ne nous paraîtront pas plus importants que les jouets ou les coups de nerfs de l'enfance lui paraîtront aux yeux d'un vieillard et peut-être « le vieillard » aura besoin d'un nouveau jouet, une nouvelle crise de nerfs. Toujours enfant, éternellement enfant !

Sans croyance autre que le dieu argent et la mémoire un peu défaillante de ces sagesses apprises, perdu dans les sables du désert, il se laissait vivre.

Quant à Babette, elle finit par partir. La vie lui offrait mieux ailleurs. Elle préféra s'envoler vers des horizons nouveaux. Elle saisit sa chance et disparut à l'étranger. David, le flot du net l'enivrait. C'était une scène, une mise en scène une pièce montée indigeste. A trop chercher, il resterait seul dans sa tour d'ivoire, à se délasser au soleil, comptant les fiches et les commentaires de ses dernières trouvailles, un peu comme un collectionneur, sauf que là, c'étaient des femmes. Des êtres en chair et en os, qui restaient quelquefois, à l'état de pure imagination cathodique. La perfection inexistante vivait dans l'imagination des internautes et non pas dans la réalité

quotidienne. La réalité quotidienne restait figée alors qu'ils naviguaient dans le virtuel. L'espèce humaine dont la côte continuait à baisser, cherchait. L'interminable quête de perfection continuait dans l'une des représentations les plus significatives de l'univers, le net.
Par moments, entre deux paragraphes, David interrompait sa lecture et parlait à Guy.
- Voilà tu allumes ton ordinateur et tu vois défiler pleines de nanas, belles, intelligentes, s'amusa-t-il à dire au scénariste qui répondit :
- Mange de la langouste tous les jours, tu verras tu finiras dégoûté. L'abstinence peut aussi avoir de bons effets dans ce monde gravement boulimique….

Son nombrilisme exacerbé l'emportait. Ces éventuelles conquêtes devenaient des proies, et si elles savaient s'en défaire, si elles savaient ne pas tomber dans son sortilège, elles l'échappaient belle comme son ex-femme.

Quelle triste sort, que de tomber comme des mouches devant la toile dans le filet d'un collectionneur habile. L'essentiel est là devant tes yeux et tu le laisses, tu grilles tes yeux et tes paupières ! dit Guy à David.

- L'essentiel est là et ailleurs à la fois ! répondit ce dernier voulant avoir le dernier mot.
La fuite en avant continuait
- Où vas-tu ?
- J'arrête un moment.

A trop vouloir, il gâchait tout. Il appuyait sur la gâchette de l'envie. Cette consommation illimitée, comme son forfait, lui exploserait les neurones, le conduirait aux enfers. Où est la vérité dans cette farce abjecte… ?

- Ni la conscience ni la volonté de transgression ne t'apporteront le bonheur.
- Nous nous connaissons depuis si longtemps. Je ne te comprends pas, tu es tombé comme tant d'autres dans une banalité puérile et navrante….
- « Mais, vrai, j'ai trop pleuré ! Les aubes sont navrantes »
- Arrête de répéter des répliques. Regarde-toi ! lança Guy agacé.
- Je ne te fais pas la morale, j'essaie de comprendre ce qui pour moi n'a pas de sens.
- Je ne veux pas te juger, seulement je n'adhère pas à tes errances.
- Te voilà en train de me parler comme si tu sortais d'un livre, répliqua David décontenancé.

Ils restaient muets pendant un long moment regardant un oiseau qui s'était assit furtivement sur la rambarde du balcon. L'air circonspect, David finit par rentrer chez lui tête baissée. Arrivé à la maison et pour la première fois depuis des mois, il n'alluma pas son ordinateur. En revanche, il se jeta corps et âme dans une épuisante quantité de travail.

Il se sentait piégé dans sa tour d'ivoire sans trop savoir comment sortir de ce cercle. Le meilleur moyen pour l'instant était le travail, un peu de Miles Davis en fond de musique et une bouteille d'eau minérale.

Dans moins d'une minute, ses clients seraient riches grâce à lui. Pourquoi ne faisait-t-il pas comme eux… Investissements, fourberies ? Il devait se croire plus malin ou peut-être même qu'il avait encore un peu de morale.

Il côtoyait l'exubérance, la luxure, le luxe. De quel bois se chauffait le magnifique David ?

Il avait aidé pas mal des gens à devenir riches, son ami, ex-professeur à Harvard avait très bien réussi à se faire une belle fortune en Belgique, grâce à la publication des livres et quelques tuyaux donnés par David. Son cœur était faible. Depuis son accident vasculaire, la sagesse commençait lentement à prendre

demeure dans sa vie. C'était un drôle de métier, il vivait dans les avions, côtoyait des gens importants et passait des nuits dans des hôtels de luxe. Peut-être que toutes ces femmes étaient une fuite…
    Ce boulot là, ce n'était pas vraiment la banque humanitaire.
    Il y avait une certaine ironie, dans la façon de se conduire. Il se rinçait l'œil. Bientôt, il ne pourrait plus suivre.
La vache à lait de la technologie lui jouerait des tours. D'ailleurs, il commençait à sentir un grand stress, ses nuits étaient de moins en moins tranquilles. Entre le décalage horaire causé par ces interminables voyages par monts et par vaux et le manque de sommeil réparateur, son cerveau commençait à défaillir.

    Pendant ce temps là, Chloé et moi discutons. Les *amerlocks* s'impatientent, le début leur plaît, le film devrait commencer dans six mois je dois commencer à accélérer la cadence… Cela sera un film tout public mais surtout et avant tout pour les jeunes.
Pour éveiller leur conscience, c'est eux notre avenir…
Ce sont peut-être les intempéries cosmiques qui lui ont secoué les neurones, me dit Chloé d'un air moqueur.
- Ça ne le fait pas, est-ce de l'humour ou bien un manque d'imagination de ta part….
- Non, ça prouve l'incompétence, tout simplement…ou autre chose, à ton avis ? Il doit continuer, ce n'est pas encore fini…
    De son coté, Guy voyait les choses plus simplement, ce n'était pas facile de satisfaire ces chefs américains. Après tout, c'était lui le scénariste, et il ne travaillait pas pour bouffer, son esprit d'artiste l'emporterait…
    Il n'y avait pas l'appât du gain pour le presser. Il avait besoin à nouveau de se retrouver dans sa chambre d'hôtel, d'écouter *Hôtel California*, de voir les étoiles scintiller à minuit sur

une baie vitrée au vingt cinquième étage…Il voulait aspirer goulument l'air de la nuit. La lubie du moment : une chambre à la Tour Montparnasse. Il ne cessait de s'émerveiller quand l'ironie de la vie lui faisait des clins d'œil, tels que voir ces idées merveilleusement développées par des auteurs contemporains, sous d'autres formes. Comment, par quelle drôle de coïncidence, des hommes et des femmes aux antipodes, qui ne se connaissaient pas avaient-ils les mêmes idées ?

Elémentaires mon cher Watson, l'intelligence humaine n'a pas de frontière et les ondes imperceptibles qui circulent dans l'univers ne connaissent pas de limites. Chacun de nous possède toute ces richesses. Il faut avouer quand-même que certains sont plus doués que d'autres. Ils ont une telle imagination. Je pense un peu à cet auteur si controversé…

- Tu sais de qui je parle ?
- Bien sûr, dit Chloé
- Moi-même, j'ai eu la chair de poule en le lisant, mais bon, j'ai fini par capter…
- La provocation est son arme. Il vient juste d'avoir un très grand prix. Tu sais de qui je parle ?

Si seulement il pouvait avoir le même talent. Inutile de le comparer ou d'espérer. Il doit rester lui-même. Sa sauce est à lui et à personne d'autre. La cohorte des personnages plaisait aux américains. Ce mélange de fantastique et de réalisme leur donnait la chair de poule. Un peu de changement, voilà, ce qu'il fallait….

Son capitaine de vaisseau m'a l'air un peu fatigué, comment fait-t-il pour perdre les cartes de bord, il faut le faire quand même…

- Disons qu'il te ressemble un peu, il commence à perdre les pédales.
- Imagine des milliards d'années lumière, des kilomètres de vide, l'espace intersidéral dans sa plus grande splendeur, son

équilibre se voit menacé. La grandeur lui fait peur. Il ne sait pas voir.
- Je crois qu'il y a de quoi faire… Qu'en penses-tu Chloé ?
- Je ne sais pas encore, Guy ne m'en parle pas trop. On dirait qu'il garde le meilleur pour la fin.
- Comment ça le meilleur ?
- On passe des soirées à parler et à s'amuser mais en ce qui concerne « ces cocons », il est devenu secret. Je crois qu'il attend l'avis de David, il préfère un avis neutre. Ils sont amis, mais d'après lui, David, ne passera pas par quatre chemins si le scénario s'avère nul.
- Toi tu es trop idéaliste, trop mielleux, et puis je me demande si tu es objectif…
- Arrête de me censurer, me juger. Je vois des choses impensables et pourtant vraies alors j'ai le droit d'y mettre mon nez, de peindre cette fresque. D'ailleurs, si elle dérange après tout, tant pis. Et puis, j'ai aussi le droit d'oser exprimer mes souhaits, de vous dépeindre tous. Il n'y a pas que du mauvais. Vous avez aussi cette graine de régénérescence….Pourquoi la laisser mourir, elle ne doit pas s'éteindre, elle doit vivre !
- Ça y est, tu ne serais pas en train de me couver, une petite déprime.
- Non, j'essaie seulement d'être neutre. Ce n'est pas évidemment pour moi non plus.
- Ce n'est pas toujours rose, me dit-elle l'air un peu troublée.
- Attendons de voir ce que pense David de ces petites bêtes intergalactiques.
- Je te signale, que ce ne sont pas des bêtes dit Chloé, assez remontée.
- Il n'a pas la science infuse non plus, tu sais !
- Je sais, dit-elle en ouvrant grand les yeux.

Dans ces vastes plaines inhospitalières (en apparence) vivaient les cocons sortis tout droit de l'imagination débridée de

Guy. Perdus au milieu du néant, dans cette autre galaxie encore inexplorée de l'homme à 56 milliards d'années lumières de la terre, aucun homme jusqu'à l'heure n'avait frôlé ces territoires. Une lune rouge brillait au loin sur un ciel mauve…ils ont le même âge que nous, aussi vieux, ils existent depuis la nuit de temps, comme nous.

- Tu es vraiment partout, tu es allé voir.
- Tu sais, il y a pas que David qui s'intéresse à son scénario… En plus les américains s'impatientent.

Des semaines passèrent sans aucune nouvelle de David. Guy et Chloé parlaient souvent de lui et n'arrivaient pas trop à comprendre ce qui l'avait mené jusqu'à là : un effet de mode, une solitude écrasante, une déception, la facilité ?…

C'était un homme complexe, habitué aux méandres de la pensée, aux relations compliquées ne concevait pas ce dont il avait été témoin ces derniers jours.

Un mardi à la nuit tombée alors que Guy se promenait sur les Champs-Elysées il l'aperçut. Aussitôt il lui fit un signe de la main. L'air ailleurs, un peu perdu, il mit quelques secondes à reconnaître son ami. Ils avaient fini la soirée dans un bar musical. La conversation allait bon train à tel point qu'ils ne voyaient pas le temps passer. A la fin, Guy demandait à David s'il pouvait venir les visiter à l'atelier de Chloé.

**Rendez-vous à l'atelier de Chloé.**

Ce jour là, David s'était levé du mauvais pied, des pensées obscures avaient gâché son sommeil un peu défaillant. Les chants des oiseaux à la fenêtre, le soleil timide qui se levait lentement, la brume matinale qui teintait les vitres des fenêtres de sa chambre ; rien n'y faisait. La belle brune sulfureuse de la veille l'avait troublé. Ses ongles joliment vernis, ses cheveux soyeux, ses yeux bleus pénétrants et intenses, revenaient à sa mémoire. Une de plus.

La cocagne déferlait. Les heures passaient, on était samedi… Le réveil était un peu dur. C'était un homme beau, musclé. Son charme ne laissait pas indifférent, surtout les femmes. Son air scrupuleux trompait son monde. On lui aurait donné le bon dieu sans confession. Personne ne savait rien. Babette l'avait découvert par hasard. Sa soi-disant naïveté lui 'avait servi à comprendre le fumier avec lequel elle vivait.

Ah ! Cette Babette elle avait décidé d'en finir, d'arrêter d'en baver. La vie pouvait être plus belle ailleurs, plus clémente…A midi, il prit la résolution de se lever… Le rendez-vous avec Guy et Chloé était à 14 heures. Une bonne douche l'aida à se débarbouiller et se remettre sur pied, revenir à la réalité…Ce couple faisait un peu tâche d'encre à ses yeux. Aucun mauvais esprit, ils étaient naïfs ou quoi…ça existait encore des gens comme ça… Et cette femme, où l'avait-il rencontré ? Guy aussi avait des secrets que David ne connaissait pas…Son scénario lui plaisait, il avait quelque chose à travailler, à creuser, même quelque chose de plus… Pourquoi donc est-ce que les hommes n'arrivaient pas à trouver les bébêtes. Cette question le taraudait. Il se positionnait en lecteur et trouvait un goût particulier à cette lecture. Question technique peut-être, problème de direction, Hum, il pouvait bien trouver une belle

fin, mais non, c'est justement ça, pas de facilité…du moins littéraire. Arrivé à l'atelier, Chloé ouvrit la porte.
- J'ai eu un peu du mal à trouver, on ne se croirait pas à Paris, dit David en la voyant.
- Comment vas-tu ?
- Ca va, je suis en plein travail
- Quelle chance, comment t'as fait pour trouver un endroit pareil ?
Je n'en reviens pas d'être ici !
- Guy m'en avait parlé et je m'étais mis à imaginer l'endroit mais là…
- Je suis bluffé.

Il s'était mis à imaginer Chloé. A quoi ressemblait-elle, à qui, à laquelle de ses conquêtes ? Des images vinrent furtivement à son esprit, comme celles qui disparaissent sur le rétroviseur de la voiture à une allure vertigineuse.

Toutes ces femmes se débattaient dans sa tête, leurs visages se mélangeaient, les russes les non rousses, les thons les moins thons, toutes ton sur ton. Et là devant lui, plus d'images farfelues, Chloé en personne. En fait, elle ne ressemblait à aucune des femmes connues. Sa beauté dépassait tout commentaire. Ses cheveux bruns tombaient droit sur des épaules fines et délicatement dessinées. Ses yeux bleus avaient un mystère…Sa bouche, maquillée d'un crayon à lèvre couleur bordeaux était en harmonie avec le nez et le menton.
- Qu'est-ce qui t'interpelle ?
- C'est un atelier comme un autre dit Chloé, surprise par sa réaction.
- Oh non, ce n'était pas un atelier comme un autre. Non, loin de là !
- Cet atelier me rappelle le vieux hangar de mon grand-père.

Chloé se déplaçait comme un poisson dans l'eau dans cet endroit à elle. C'était son univers…Naturel, dépourvu d'artifice. Devant eux le tableau : *Les momies endormies sous les arbres*. Il était couvert à moitié, d'un drap blanc. A l'extrême droite, on devinait l'ensemble qui se cachait derrière.

L'entrée était immense. Une salle d'au moins quarante mètres carrés, où étaient agencés ici-et-là, des dizaines des tableaux. Certains étaient encore des ébauches. On pouvait deviner des silhouettes en train de naître. C'était émouvant de rentrer dans l'atelier d'un artiste, d'assister à la naissance d'une œuvre. David se demandait comment elle arrivait à avoir autant d'imagination, lui qui passait ces journées entre les avions et son ordinateur, d'un pays à l'autre avec un agenda plein à craquer et des clients interminables à visiter, des études, des projets ennuyeux. La vraie vie semblait lui échapper.

Sur un petit couloir, des dizaines des posters, des tableaux : Rousseau, Van Gogh, Matisse, Frida Kahlo, Kandinsky, Chagall, des post-it, des coupures des journaux des tasses de cafés séchées par les jours écoulés, des miettes de brownies sur une nappe ocre, des études de couleurs, des pinceaux trempaient dans le white spirit. Cela ressemblait à un puzzle, un enchevêtrement de papiers. Comme si tout sortait de là. Un peu comme le bureau d'un écrivain. Elle qui préconisait l'ordre, avait besoin des éléments épars ici-et-là pour créer…

L'inspiration vient de l'inattendu, d'un murmure, un regard, un souvenir, une feuille qui tombe timidement sur votre table. Tout cela avait un sens qu'elle seule savait trouver.

- Non, ce n'était pas un atelier quelconque…
- Je l'imaginais différemment…
- L'imagination nous joue toujours des tours, réplique Chloé. Guy m'a dit pour tes histoires.
- Ah bon ! Tu sais donc…
- Oui.
- Je ne sais pas, il y a des jours où tout m'échappe. Je voudrais recommencer, repartir à zéro, lui avoua-t-il soudain.
- Les finances, les avions. J'en ai par dessus la tête. Je commence à être fatigué de tout ça.

- Tu devrais lâcher un peu ! lança Chloé pour le réconforter. La lenteur, peut apaiser l'esprit pour le faire repartir de plus belles.
- Le mien est lessivé par la vitesse, rétorqua David.
- La réalité ressemble au virtuel mais tôt ou tard nous devons l'affronter et trancher pour de bon, autrement, on finit à côté de la plaque.
- Tu devrais lire, cela pourrait t'aider.

A notre époque la recherche de l'amour avec le net ça prend de grandes dérives. Parmi toutes ces femmes il devait bien y en avoir une pour toi ?
- C'est drôle je n'ai jamais parlé de tout cela à une femme.
- Il y a un début à tout dans la vie, répliqua Chloé l'air distant.
- C'est comme un cauchemar...reprit-t-il juste après.

Je ne sais pas comment arrêter tout cela. Je me sens attrapé. Au début c'était comme un jeu. J'étais tout excité à l'idée. Et puis c'était tout nouveau. A présent, je suis comme partagé, divisé...
- Regarde devant toi, tu trouveras la marche à suivre. Quant au fait d'en parler à une femme, il est vrai que je trouve ça un peu corsé de café. Tu joues avec le feu.

David restait silencieux en long moment voyant Chloé partir vers le coin cuisine pour faire du thé. Il parcourait l'atelier en écoutant ses propres pas. Le son du parquet sous ses pieds lui procurait le même plaisir ressenti jadis dans le garage de son grand-père. Elle faisait chauffer de l'eau quant tout à coup :
- Bravo, ça va le secouer un peu !
- Tu me parles me demanda Chloé.
- C'est déprimant son histoire. Il est complètement pommé.

J'exultais en constatant avec quelle aisance elle avait parlé à David.
- Mais tu n'es pas sa mère, bon sang ! Pensais-je. Quelle manie ont les femmes de materner...

- Les femmes semblent une drogue pour lui mais bon à lui de voir après tout. Je trouve ça une vraie saloperie quand même.
- Au fait, on t'entend plus ? Que se passe-t-il ?
- Rien, tu m'as fait comprendre que je parlais trop, que j'étais toujours là, à vouloir fouiner dans tes pensées, alors je te laisse voler de tes propres ailes ! D'ailleurs, tu t'en sors plutôt bien je trouve.

Je l'avais un peu négligée, j'étais ailleurs, des personnages pathétiquement irrécupérables me tenaient en haleine depuis plusieurs semaines. Néanmoins je la voyais évoluer à pas de tortue. En revanche ce type, est bien malheureux. L'irrespect est comme une plaie, c'est un affront fait aux femmes. Certes, s'en éloigner se détacher est l'issue salvatrice et en même temps, cette transition envers le retour au respect est très douloureuse…
- J'écoute tout je suis partout, si tu savais… L'autre jour par exemple, j'étais dans une salle d'attente, la douleur était masquée par le maquillage des yeux cachés sous les lunettes ou la lecture du journal, ou la simple vue d'un magazine, personne ne parlait, tous braqués sur leurs mondes, pas de dialogue, la pièce porte bien son nom : salle d'attente. Pas un seul ne bougeait, personne ne parlait. Tu parles… Les magazines c'est plus intéressant !

Les gens ne se parlent pas ni dans les salles d'attente, ni dans les boulangeries, ni dans la rue, et encore moins dans le métro. Ils croient tout savoir, la cybernétique tue le vrai. Elle les transporte en Sibérie dans des contrées lointaines exclues de la vraie rencontre.
- On ne peut pas nier que toute cette technologie aide un peu l'homme.
- Certes, mais elle est vite détournée, elle ne montre pas ses griffes mais elle est truffée de dérives. Le paraître, le nettoyage de cerveau a pris le relais dans l'existence actuelle.

Chloé revenait vers David avec deux tasses de thé bien chaud. La voix s'arrêta net.

Une heure s'était écoulée depuis son arrivée dans l'atelier. David restait longtemps à contempler les tableaux pendant que Chloé vaquait à ses occupations et que nous parlions loin de lui. Après tout, elle n'allait pas le saouler avec ses idées, à lui de savoir ce qu'il devait faire.

Dix minutes plus tard, Guy arriva enfin.

Ils discutèrent du scénario. David le trouvait extravagant…

- Tu crois ça !
- L'idée est bonne ça c'est incontestable ! Mais…
- Mais, quoi ? rétorqua Guy un peu anxieux tout en rigolant. Caché, cachotterie, à cache-cache, coucheur, cochon, et tout ça avec beaucoup du cachet, en plus…
- Tu délires ? demanda David tout étonné en voyant son ami de la sorte.
- On peut dire cela comme ça. J'ai envie de rire c'est tout. Je pensais à voix haute. Et l'air de rien je travaille dans ma tête mes personnages.
- Moi par contre pas vraiment, tu vois ? J'ai mal au crâne en plus.
- Bon dans ce cas…

Un silence un peu froid prit place. Chloé était au fond de l'atelier en train de téléphoner.

Guy partit en direction de la kitchenette pour déposer un sac et revint vers David qui le questionna.

- Sinon autrement, comment ça va, tu avances ?
- Oui, d'ailleurs j'arrive presque à la fin. Je ne vais pas tarder à envoyer le scénario. J'ai approfondi certains points et cette fois-ci c'est bon. Ses cocons si cocoonés allaient avoir du pain sur la planche avec ces maudits cosmonautes qui les cherchaient partout… En tout cas, les amerlocks en raffolent. Je viens de recevoir 10% et ça promet…En plus je m'y attendais pas.

- Justement, je viens de relire avec un autre œil ce que tu m'as donné, je crois que tu ne dois plus te poser des questions.
- Fonce ! L'extravagance, tiens c'est peut-être ton style après tout. Ce qui compte pour moi après relecture c'est l'émotion qui s'en dégage et ce coté extravagant. Le côté technique, ce n'est pas mon affaire. Ils ont des spécialistes pour ça, des acteurs et tout ce qu'il faut. Je suis sûr que ça va marcher. En plus, ce n'est pas la première fois que tu travailles pour eux. Ils savent déjà un peu à qu'ils ont à faire. Tu pourrais même en faire une suite.

**Enfin la vie, la vraie…**

Six mois passèrent. Sans trop de prétention elle se lança dans la peinture et quitta la cage à poule où elle s'était enchaînée pendant plus dix années. Le « *moustique insignifiant* » avait brisé ses chaînes. Avant de partir elle avait trouvée l'idée pour résoudre l'affaire de Dupont, photocopier les preuves en trois exemplaires. Une pour elle, puis les deux autres furent envoyées par la poste à l'attention du directeur général et la dernière, à Dupont.

Chloé pouvait à présent déployer ses ailes et voler vers un monde plus épanouissant. Elle avait réussi à briser les chaînes de l'esclavage. La peur ne faisait plus partie de sa vie.

Les saisons se succédaient comme une route toute tracée à travers laquelle la surprise des petites choses les émerveillait. La patience et la ténacité avaient payé. Chloé réussit à vivre de sa passion. Les personnes avec lesquelles elle avait gardé contact dans son ancien emploi, continuaient, toujours fidèles à leur poste. Rodolphette, l'ex-collègue à l'haleine fétide, avait péri dans un accident. Les autres restaient là tant bien que mal, attachés à jamais à leur boîte.

L'amour continuait à manquer cruellement à David. La réalité de la vie l'avait rattrapé. Ses histoires sordides et pathétiques sur le net le rappelaient à l'ordre. Il devenait de plus en plus fou, mélangeant le monde virtuel et sa vie harassante faussement agrémentée par le fric infect de ses transactions douloureuses et mal propres. Sa vie avait l'air d'un krach sur les marchés financiers. Il semblait craquer de jour en jour.

La vérité intérieure était plus forte que tout ce super flou que toutes ces stupides illusions libertines, que tout ce marasme ne représentant qu'une fuite en avant. Les cloches d'une pause nécessaire et vitale sonnèrent. La conversation qu'il avait eue longtemps auparavant avec Chloé avait déclenché en lui un lent changement.

    Les années passant, il finit par faire une pause dans une maison de repos. Ses nombreuses conquêtes, françaises cette fois-ci, se croisaient dans les couloirs sans savoir qu'elles venaient voir le même patient, impatient de les retrouver…
    Guy et Chloé en avait croisé certaines furtivement alors qu'ils sortaient tous deux de sa chambre. Pauvres femmes ! Qui était le plus malheureux ?
    Babette ne donna plus jamais signe de vie. Elle était partit loin, très loin. Il continuait à ne rien comprendre aux femmes. Qui eut cru qu'un jour Chloé serait un peu d'accord avec certaines d'entre elles. Ces tristes mâles réduits à leur puissance, ne comprenant pas les subtilités et nuances féminines.
    Trop d'envie, trop de testostérone, trop de pouvoir inassouvi….Que de peurs enfouies ! Et l'on continue à croire qu'elles sont le sexe faible. Merci Simone ! Les hommes devraient te lire plus souvent. Elle ne pouvait que compatir avec leurs malheurs, leur solitude, leur trop plein d'attente.
    Vous le savez mieux que moi, vous lecteurs… Tout est relatif… Pour certains lecteurs Chloé serait une dingue, petite femme mièvre bloquée dans ce monde, pour d'autres une adorable romantique, une rêveuse qu'importe, ainsi va la vie.
    Tristes humains que nous sommes, navigant souvent dans des eaux profondes, vexant, abîmant, torturant des esprits aussi beaux que les nôtres. Si seulement on se donnait le temps de découvrir ce qui se cache derrière la souffrance…
    La porte ne demande qu'à être ouverte. La force est là, elle vient de temps en temps et s'en va quand les illusions arrivent, vivre au jour le jour, très dure besogne, mais nécessaire pour ne pas mourir dans la médiocrité. Vivre avec profondeur. Les idées sont fortes, elles finissent par se réaliser. Finie l'épidémie du misérabilisme.

Sortir de la torpeur sachant sans cesse que l'or du temps est quelque part. La pépite d'un jaune incandescent se trouve là, tout près.

Le temps presse. Sortir du moule devient urgent ! Guy se sentait petit devant de tels écrits. Cependant lui, aussi malgré sa petitesse faisait partie de ce grand tout et partageait cette idée. Il n'avait peut-être pas le même talent et pourtant, son cœur rejoignait des idées similaires. N'y aurait-t-il pas une chose innommable dans cette petitesse, belle et anonyme, comme le nuage qui cacherait la montagne ? Quelquefois difficile à assimiler et pourtant si simple.

Le monde avait fini par prendre des couleurs durables. Chloé était devenue son propre maître… Prendre son destin en main était l'un des défis les plus durs de l'existence mais aussi le plus jubilatoire. Elle avait accompli la plus belle des choses à laquelle on peut aspirer : rester fidèle à ses aspirations et aimer. La peinture lui procurait une grande paix. A peine commençait-elle à mélanger les couleurs sur la palette, que le monde autour devenait autre. Elle entrait ainsi dans un univers de quiétude et d'étrangeté.

« Même le plus petit grain de sable dans la mer a son importance comme l'étoile qui brille au loin »…J'avais lu cette phrase quelque part, je ne sais plus où. Peu importe, je pense qu'elle appartient à toute l'humanité.

Je venais quelquefois habiter ses rêves. Chloé n'avait plus besoin de moi. Elle traçait son chemin de vie à deux.

## La naissance du printemps

Ce jour-là, une pluie torrentielle s'était abattue sur Paris. C'était une des premières du printemps. Les nuages couraient dans le ciel. Quelques gouttes par-ci, par-là tombaient sur son balcon. Des bourgeons d'acacias se mettraient à éclore bientôt. Une vue splendide sur le Sacré- Cœur s'offrait à ses yeux, comme les cadeaux de Dieu les plus sublimes et inattendus. L'arc-en-ciel brillait d'une force inconnue jusqu'ici. Alors, une envie soudaine de peindre s'empara de tout son être. Sur la table, un papier Canson, des fusains puis le sujet, juste en face d'elle.

Ses oreilles se laissaient bercer par la polonaise de Chopin. Guy était parti aux Etats-Unis pour régler certains détails du nouveau scénario avec des collègues américains. Il n'allait pas tarder à rentrer. La lumière timide des nuages s'absentait laissant pénétrer des rayons clairs et purs, d'une pureté immaculée, ce n'était pas la lumière blanche de la Crète, la lumière ancestrale de Belle Île au Canada, ni la lumière torride des tropiques, mais une lumière bien particulière, difficile à dépeindre. Ses doigts se tâchaient de noir. Elle aimait ce contact pur et doux à la fois avec le fusain sur le papier.

Elle s'émerveillait de voir apparaître cette vue transmise par ses doigts sur le papier…La nuit commençait à tomber, au loin le Sacré Cœur, les édifices juxtaposés, les arbres les piétons en bas. Tout prenait forme sur le papier. Elle ne voulait pas s'arrêter…Le charme du noir saurait rendre le paysage beau. Ce serait légèrement différent, ce serait une interprétation du beau en beau, en une autre beauté.

C'était comme un arrêt sur image, comme une photographie en noir et blanc. Une certaine intimité commençait à se dégager de l'esquisse(…) Elle déposa délicatement le dessin sur la table.

Deux minutes avant une nuit obscure, Guy sonna à la porte. Il déposa un baiser tendre et doux sur ses lèvres pivoines.

Elle sentit sa peau, sa joue non rasée. Elle semblait plongée dans un rêve éveillé. Des images de cheminée vinrent à son esprit, elle sentait le crépitement du feu. Les rayons timides du soleil entraient par la fenêtre. Et puis cette odeur de confiture de figues. Les lentilles qu'elle avait mise à cuire commençaient à sentir bon. L'odeur embaumait tout autour.

Aucun discours, aucun bruit, aucun bruissement, seule la beauté du silence et l'amour imprégnaient la pièce. Un bonheur simple.